菏泽牡丹

诗词文化

菏泽市牡丹发展服务中心◎编

潘守皎◎主编

故宫出版社

中国牡丹之都

ZHONG GUO MU DAN ZHI DU

中国·菏泽

前　言

菏泽是黄淮平原上一块古老的土地，古称“曹州”或“曹南”，曾有“四泽”“十水”“十六山丘”[1]等著名自然和人文景观。《太平御览·诗含神雾》记载，上古时期，华胥氏踩到了一个大大的脚印而生伏羲，这则神话就产生于“四泽”中的雷泽湖畔。此处还曾经是尧的主要统治区域，舜帝年轻的时候，也曾制陶耕作于这个地方，商族的发源地也在“四泽”之一的孟渚泽一带。周朝以前，此地作为一个方国而存在，被称为“曹”，周武王灭商之后，封其弟振铎来此建国，也称为“曹”，但此“曹”已非彼“曹”，而是一个与天子同姓的新的封国，控制着周朝东方人口最为集中、农耕条件最好的一块肥沃之地，当时曹的都城在陶丘——一个被司马迁称作“天下之中”的地方。这就是习近平同志视察菏泽时称此处为“伏羲之桑梓，尧舜之故里，先为商汤之京畿，继属曹国之疆土”[2]的缘由。根据文献记载，这里有深厚的历史文化积淀，《汉书》中称赞这里的人“有先王遗风，重厚多君子”[3]，正是因为这里曾为古代先王最早的教化之地。

除去曹州这个称谓以外，历代文人更喜欢称这里为济阴、曹南。这是因为秦统一天下之后，曾在这里设置东郡和砀郡管辖，汉代则在此处设立济阴郡和山阳郡。由于济阴郡存在的时间既久，济阴就成为对这里一个比较固定的称谓。北魏置西兖州，与济阴郡同治左城（今曹县西北）。北周宣政元年（578年），将当时的西兖州改为曹州，州治仍在左城。隋代统一天下，又恢复济阴郡、东郡，分治曹州。唐武德元年

---

1. 四泽，指古代存在于今菏泽境内的雷泽、巨野泽、菏泽和孟渚泽；十水，指主要流经菏泽域内的济水、菏水、濉水、沮水、瓠子河、汳水、包水、黄沟水、棠水和氾水；十六山丘，指的是古代菏泽境内高出地面很多的土阜丘陵，著名的有历山、涂山、景山、箕山、仿山、左山、栖霞山、曹南山、陶丘、犬丘、楚丘、葵丘、廪丘、安陵、桂陵和马陵。

2. 习近平《做焦裕禄式的县委书记》，中央文献出版社，2015年，第27页。

3.（汉）班固：《汉书》卷二十八下，中华书局，2000年，第1325页。

（618 年），李渊设立了历史上最大的曹州，辖十四个县。此后，宋、元、明均设曹州，但州域面积却日益缩小。清雍正十三年（1735 年），升曹州为曹州府，附郭菏泽，辖菏泽（今菏泽市牡丹区）、定陶、单县、曹县、巨野、范县、城武、郓城、观城、朝城十个县及濮州（州治山东鄄城县旧城镇）一个散州，行政管辖区域又大大增加。

西周之时的曹国，以水面广大的菏泽（四泽之一）为枢纽，西接东西流向的济水、东连南北流向的菏水，成为联通东西南北的交通枢纽，进而成为商业贸易中心，也成为春秋战国时期诸侯征战、会盟的“午道”，这也是《史记·货殖列传》中称其为“天下之中”的缘由。作为商人鼻祖的范蠡、子贡，就是在这一带经商致富的。标志着齐桓公称霸的葵丘会盟、晋文公称霸的城濮之战，也都发生在这里。秦汉以来，这里仍然是全国经济的中心，也是秦末反抗暴秦的暴风眼。项梁在定陶战死，刘邦在汜水登基，大汉帝国的旭日在此地升起。

汉代以降，由于河患、战乱以及北方少数民族的南下，这里的人渐渐地由重耕读转变为尚武力，人们在重经学的同时，习武又成为一种风尚，因此，这里又成为众多豪杰的故乡。这种情形到了隋唐以后更加明显，留名青史的彭越、李典、乐进、单雄信、徐懋功、王伯当、黄巢便都是今菏泽人。宋元至明清时期，这里仍然是产生豪杰、义士的热土，宋江、徐鸿儒、丁维岳就是其中的代表。然而，尚武的风气并没有改变人们耕读传家的观念，因此，东汉以来，著名的经学、文学之士刘昆、夏恭、丁恭、杨伦、仲长统、吴质、王粲、王弼、卞壸、吴隐之、邢昺、王禹偁、穆修、晁补之、商道、商挺等，都诞生在这片土地之上。所以，在这里，大泽与丘山，河川与平原，圣王与先哲，良将与贤相，豪杰与儒士，平民与牡丹，构成远古以来鲁西南社会丰富多彩的乐章，也为历代诗歌吟咏提供了素材。据不完全统计，历代吟咏曹州的诗歌已经超过了四千首，分别描绘了曹州的山川、四时、风土、人情、田园、城郭以及大大小小的事件。

特别值得注意的是，汉高祖与汉武帝都曾经来到过此地，并曾留下楚风绝唱感天动地。曹操当年奋武东郡，留下了《蒿里行》等乐府名篇。其子曹植更是在这里度过了一段最为灰暗的日子，在凄凉的北风中，写下了体现建安风骨的《杂诗》。唐代天宝年间（742 年—756 年），被玄宗皇帝礼送出宫的天才诗人李白也来到这里，正好邂逅了漫游在此的大诗人杜甫、高适，他们邀集单父尉陶沔，一起在桑叶飘落的旷野中游猎，并在单父城南的高台吟唱，给后人留下了“四君子”的佳话。据考证，这是三大诗人生前唯一的快意相聚。宋元以后，中原家族文化繁荣，宋代巨野晁氏，元代济阴商氏，都出现了兄弟、叔侄闻名的诗人和曲作家。明代郓城樊氏家族，在为宦之余，也寄情风雅，留下了很多诗词。清代晚期，域内还出现了一个很有名的诗人团体——曹南诗社，他们结社唱和，留下了《曹南诗社唱和集》等专门诗集，其主要人物徐继孺还整理编撰了重要的地方文献——《曹南文献录》。

总之，这里是一片文化膏腴之地，圣王先哲的传说、英雄豪杰的故事、文学俊士的诗词，都增加了它迷人的魅力。明清以来肆意绽放的牡丹，更使得曹州名扬四海。“廿年梦想故园花，今到开时始在家”（何应瑞《牡丹限韵》），曹州凝香园主人、曾经担任过明代工部尚书的何应瑞，为自己能在致仕之后重回故乡，看到自家园中不断出新的牡丹，倍觉欣慰。“一见曹南三百种，从今不数洛花红”（王曰高《曹南牡丹四首》），南行的清初诗人王曰高，这样赞美他眼中的曹州牡丹。这就无怪乎清代诗人陈夔在观赏了曹州牡丹之后，竟然表示“可能重访胭脂国，一日花前一百回”（《题余雪村曹州牡丹谱后》）了。

我们把成于斯、长于斯的历代圣哲、帝王、将相、豪杰、文士、平民与古曹州的诗歌渊源一起讲述，就在于展示曹州自古以来不只是成就他们辉煌、相伴他们平生的一片热土，也曾是一片弦歌风雅之地。本书由“诗话菏泽”“菏泽牡丹”和“牡丹花语”三个部分组成：旨在通过经典诗文，管窥菏泽风雅；品味牡丹诗词，再现菏泽芳华；解读牡丹花语，丰富牡丹文化。需要说明的是，本书所引用诗词，唐诗部分均出自彭定求等所编《全唐诗》（中华书局，1960 年版），宋诗部分均出自傅璇琮等编《全宋诗》（北京大学出版社，1991 年版），金朝诗歌均出自郭元釪编《全金诗》（新兴书局，1972 年版），元诗均出自杨镰编《全元诗》（中华书局，2013 年版），故所引诗作不在行文中一一注明。书中所引明清诗歌，由于没有上述大型总集，为了读者查阅方便，已于文中一一注明出处。

编者

2023 年 4 月 20 日

目　录

第一编　诗话菏泽

一、涂山歌南音　风雅自兹始——先秦歌诗与菏泽……012
二、大风随云起　呜咽歌瓠子——大汉天子的浩叹……020
三、蒿里与愁台　父子各悲辛——曹氏父子与鄄城……025
四、古迹使人感　琴台空寂寥——李白、杜甫、高适与单父……029
五、有文行古道　无位泰生民——宋代清廉自守的诗人王禹偁……035
六、诗书传家久　一门尽簪缨——宋代巨野晁氏家族文化……044
七、陇山漂泊久　新廷作元戎——元代商挺叔侄的诗与画……055
八、扬威运河上　归来赋南园——明代郓城樊氏与《草堂诗集》……058
九、地僻新秋到　天空好月来——活跃于清末的曹南诗社……064

第二编　菏泽牡丹

一、曹州王五云　牡丹作枥薪——明代中期曹州牡丹的大面积种植与销售……070
二、日映疏疏影　风传冉冉香——明代兵部尚书苏祐的牡丹情结……074
三、新名添旧谱　旧种变新芽——何应瑞父子与曹州凝香园……078
四、茅舍护竹篱　凭君赠烟霞——清代大学士冯溥、陈廷敬与曹州牡丹……081
五、十郡最此都　奇观洛阳无——清代三任山东学政与曹州牡丹……085
六、一见曹南花　不数洛阳红——王曰高与曹州牡丹……090

七、十日忘昏晓　足偿一年情——清代天下名士与曹州牡丹……096
八、莫更伤穷薄　曹南看牡丹——清代地方官员与曹州牡丹……106

第三编　牡丹花语

一、国色朝酣酒　天香夜染衣——牡丹文化符号的基本意义……116
二、凌晨新妆面　对客不语情——牡丹文化符号的情感意义……122
三、陶宅不须此　江左伴谢安——牡丹文化符号的儒家人格意义……132
四、对之心亦静　虚白相向生——牡丹文化符号的宗教意义……141
五、真宰精妙处　人意不可量——牡丹文化符号的哲学意义……150

跋语……161

诗话菏泽

第一编

菏泽的风雅历史如果从凄凉婉约的《候人歌》算起，已经超过四千年了。四千年中，在中国诗歌发展的每一个时期，都能够看到它的影子。周秦有《曹风》，建安有曹氏，魏晋有吴质、卞壸、吴隐之，唐宋以下，更是文人辈出。最有成就者，当属宋初的文坛领袖王禹偁、位列“苏门四学士”之一的晁补之、元代的商挺叔侄以及明代被认为是《金瓶梅》作者的李先芳。此外尚有以《会溪类稿》流传后世的明代两京尹扈永通、以《南园漫兴》留传的明代兵部尚书樊继祖祖孙、以《榖原文草》传世的兵部尚书苏祐，以及清代不与和珅同朝而回乡侍亲并有诗集《梅楼诗存》传世的李簧。清代晚期的曹南诗社盟主徐继孺，更是将自己的诗还有爱乡爱土的生命留在了曹县城头。“临眺自兹始，群贤久相邀”（高适《同群公秋登琴台》），菏泽是一块尚武的热土，然而，它又是一方风雅弦歌之地。

一、涂山歌南音 风雅自兹始
——先秦歌诗与菏泽

古曹州在古河、济之间，这里传说是当年大禹治水的地方，被称为中国第一首恋歌的《候人歌》就诞生在这片土地上。《候人歌》出自《吕氏春秋·音初篇》，“候人兮猗”——虽然只有四个字，其中的两个字还是语气助词，但它传达出的却是人类最朴素和最真挚的感情，歌中仅剩下的两个实词直白地道出了歌者心中的所思所想：我在等你啊。传说这首歌是大禹的妻子涂山氏的侍女所唱，饱含着涂山氏主仆对大禹的思念和牵挂。歌中的涂山氏所居涂山，今称土山，遗址就在今天山东省曹县南部土山集。大禹治水时，在这里见到了涂山氏女，于是与其在桑台（景山，又称楚丘，今曹县东部梁堌堆景山遗址）成婚。大禹在外治水十三年，三过家门而不入，涂山氏便和侍女一直在山下等候。

《候人歌》被称为南音之始。中国最早的诗歌总集《诗经》中有《曹风》，就是今天鲁西南地区的乐歌，《曹风》虽然篇幅不多，但却是《诗经》中经常被人们引用的重要篇什。《候人歌》和《曹风》都有南风特征，这正是曹州这块古老的土地贯连南北文化的印证。

《诗经》中的《曹风》共有四篇，分别为《蜉蝣》《候人》《鸤鸠》和《下泉》。

春秋之前古曹州大片土地都归属鲁国，这里也是儒家文化最早的播散之地。《曹风》中的诗篇虽然只有四首，但每一首诗都意旨丰富，因而在先秦其他典籍如《国语》《左传》中常被征引。汉代传授阐释《诗经》的齐、鲁、韩、毛四家之中，影响较大的《毛诗》曾把《曹风》中的四篇都作为美刺诗看待，这说明《曹风》在主张儒家诗教的古代诗论者眼中，其艺术价值和思想意义都不同一般。

《曹风》中的第一篇，是《蜉蝣》：

蜉蝣

蜉蝣之羽，衣裳楚楚。
心之忧矣，于我归处。

蜉蝣之翼，采采衣服。
心之忧矣，于我归息。

蜉蝣掘阅，麻衣如雪。
心之忧矣，于我归说。

土山集堌堆遗址保护碑（自西南向东北拍摄）

人花相织　王超英摄于曹州牡丹园

秋牡丹　王超英摄于曹州牡丹园

秋牡丹　王超英摄于曹州牡丹园

《毛诗》以为此诗创作于曹昭公（公元前661年—公元前653年在位）时期，主旨及涵义是讽刺曹昭公们的奢靡生活："《蜉蝣》，刺奢也。昭公国小而迫，无法以自守，好奢而任小人，将无所依焉。"认同《毛诗》这种观点的人较多，但也有人不同意此说，认为《蜉蝣》是借物起兴、感慨人生短暂的一首小诗。蜉蝣是一种生长于水泽地带的渺小昆虫，曹国的湖泊川泽资源十分丰富，因此，它随处可见。蜉蝣从幼虫化为成虫之后，即不饮不食，在空中飞舞交配，完成其物种的延续便结束

冬牡丹　王超英摄

群芳图　王超英摄于曹州牡丹园

生命，一般都是朝生暮死。从诗中看，蜉蝣有一对漂亮而又透明的翅膀，飘舞在空中时姿态轻盈而纤巧。而且，蜉蝣喜欢在日落时分成群飞舞，展示生命的美好，死后纷纷坠落地面，撼人心魄。这美丽而又幼小的生命的陨落，令人伤感满怀。因此，《蜉蝣》便是借物起兴、感慨人生短暂的一首小诗。

《曹风》中的第二首诗是《候人》,《毛诗》以为此诗产生于曹共公（公元前 652 年—公元前 618 年在位）时期。《候人》堪称《诗经》中涵义最为丰富的诗篇，它曾经引起说诗后儒们的广泛联想，以至于各种解释相继涌现。有人说这首诗是讽刺曹共公亲小人、远君子；有人说这是同情下层小吏执戈辛劳的诗；有人说这是讽刺曹共公不听候人僖负羁之言而善待晋公子重耳的诗；也有人说这是讽刺曹共公携带美女三百乘坐华车炫耀的诗。此外，还有男子恋女、女子思春等种种不同说法。

候人

彼候人兮，何戈与祋。
彼其之子，三百赤芾。

维鹈在梁，不濡其翼。
彼其之子，不称其服。

维鹈在梁，不濡其咮。
彼其之子，不遂其媾。

荟兮蔚兮，南山朝隮。
婉兮娈兮，季女斯饥。

诗中“荟兮蔚兮，南山朝隮”中所提到的“南山”，就是曹国境内的曹南山，这里是曹国近都的风景所在。诗中说，云霞升起来了，这里游人如织，那些貌美如花的贵族小姐，“三百赤芾”的所谓君子，正在醉生梦死地享受。

《曹风》的第三篇是《鸤鸠》：

鸤鸠

鸤鸠在桑，其子七兮。
淑人君子，其仪一兮。
其仪一兮，心如结兮。

鸤鸠在桑，其子在梅。
淑人君子，其带伊丝。
其带伊丝，其弁伊骐。

鸤鸠在桑，其子在棘。
淑人君子，其仪不忒。
其仪不忒，正是四国。

鸤鸠在桑，其子在榛。
淑人君子，正是国人。
正是国人，胡不万年？

郑玄《诗谱·曹谱》认为此诗作于曹共公时代，也是一首“美刺”之作，借赞美鸤鸠之意而讥讽曹共公。另有人提出新解，认为是借赞美鸤鸠之意歌颂、怀念周王室的，或是赞颂诚信君子的。诗中的鸤鸠，是一种很普通的鸟，有人说就是戴胜。据说这种鸟的特性是很讲究公平、公正。《毛诗诂训传》中说：“鸤鸠之养其子，朝从上下，莫从下上，平均如一。”即鸤鸠在养育雏鸟的时候，早上如果从上往下喂食，那么晚上就从下往上喂食，非常讲究均衡，因此，它被作为人君之德的象征。另外，这种鸟有美丽的羽冠，并且姿态高雅，走起路来也非常端庄，因此，诗中把它作为君子风仪的象征加以颂扬。孔子曾专门评价过《曹风》中的《鸤鸠》篇，认为《鸤鸠》这首诗很能表达诚信，他说：“《宛丘》吾善之，《猗嗟》吾喜之，《鸤鸠》吾信之，《文王》吾美之。”又说：“《鸤鸠》曰：其仪一兮，心如结也。”[1]

虽然对此诗有很多不同的理解，但比较诸论，《鸤鸠》应是一首歌颂诚信君子的诗作。本诗的象征意味非常浓厚，盛赞诚信君子的同时，也充满了对周王室的那份难舍难弃的依恋和怀念之情。周王室当初实行分封制，大批姬姓诸侯离开京师远

1. 上博简第21、22枚，张金良《上博简〈孔子诗论〉释解》，http://www.jianbo.sdu.edu.cn/info/1011/1871.htm，2007年10月12日。

赴封国，就像鸤鸠之雏鸟长成移栖他木一样，而“鸤鸠在桑”，不离根本。从诗中的丰富寓意便可看出，曹国文化中包含一种浓浓的宗周情结。

《下泉》是《曹风》中的第四首作品，也是《曹风》中最著名的诗篇。在后世感慨故国沉沦、忧伤时世的作品中，常常会引述《下泉》中的诗句。根据《毛诗》和郑玄的《诗谱》，这首诗写作的时间也是在曹共公的时代。这首诗是这样的：

下泉

冽彼下泉，浸彼苞稂。
忾我寤叹，念彼周京。

冽彼下泉，浸彼苞萧。
忾我寤叹，念彼京周。

冽彼下泉，浸彼苞蓍。
忾我寤叹，念彼京师。

芃芃黍苗，阴雨膏之。
四国有王，郇伯劳之。

《下泉》以寒泉凌浸野草比喻周王室内乱势衰，这样的比兴反复出现，给人以时代变迁、盛世难再的悲凉感；又用反复慨叹缅怀周京的诗句，来纾解时人对周王室式微难以排遣的惆怅落寞。这种直陈其事、复沓叠咏的赋法，使盛世难再的悲剧感达到了极点。关于这首诗感慨周王室的衰落，清人方玉润的《诗经原始》云：“此诗之作，所以念周衰伤晋霸也。使周而不衰，则‘四国有王’，彼晋虽强，敢擅征伐？”只是在诗的末句，有了雨过天晴般的突然转折，令人产生无限希望。因为作者还在幻想，一定会有贤明之臣为周王室的振兴而不辞辛劳。

对于此诗，《毛诗序》曾经这样评论：“《下泉》，思治也。曹人疾共公侵刻下民，不得其所，忧而思明王贤伯也。”这是合乎情理的结论。曹共公所处的春秋中期，正是晋楚争霸的年代。在这样的年代里，夹在晋楚之间的中原小国如曹国等，常常两头受气。而此时在位的曹共公，又是一个不思进取、追求享乐的昏庸之君，在国内招致了很多民怨。公元前 632 年，晋国在城濮之战中击败楚国而荣膺新的霸主，而晋文公与此前称霸的齐桓公扶助中原小国、高举“尊王攘夷”的旗号不同，实行的是睚眦必报、党同伐异。因为曹共公曾经对他有失礼之举，于是在攻楚的战争中，竟将同姓曹国和卫国占领，并且“执曹伯，分曹、卫之田以畀宋人”(《左传·僖公二十八年》)。晋国的做法显然是在牺牲同姓利益以助异姓利益，这让宗周的曹国非常尴尬和伤心。在这样的情形之下,《下泉》这样的诗产生就再合情理不过了。

《曹风》中的四首诗从整体上看，具有鲜明的时代特征、地域文化特色和艺术特点。首先,时代特征体现在《曹风》产生的春秋中期是中国历史上非常著名的“五霸更盛衰”时期，尤其是晋、楚争霸的关键时期。处在大国夹缝中的国家如卫、郑、曹等，日子非常难过。就曹国而言，国土褊狭，君主失德，人们再也寻不到那个秩序井然、礼乐繁盛的时代了。因此,《下泉》中才哀叹周王室的式微和衰落,《蜉蝣》中才揭露达官贵族的不劳而获和同情下层小吏的辛劳困苦,《鸤鸠》中才期盼天下君主能够勤修德政、公正公平地处理各种事务,《候人》中才对国君的昏庸、贵族们的荒淫极度愤慨。所以,《曹风》中的作品反映了那个动荡时代人们的普遍心理和情感。其次,《曹风》中的诗地域文化特色也非常鲜明。曹国是一个姬姓的宗周守成的国家，他们对于盛世的周王室以及贤明的政治有一种自觉的向往，以致四首诗中所流露出来的宗周情绪是十分浓重的。再次,《曹风》的四首诗都具有婉而多讽、怨而不怒以及忧而不伤的艺术特点。这虽然也是《诗经》的特色，更是《曹风》的鲜明特点,《曹风》中的诗,都可以作为“美刺”的经典之作。虽然这其中有文人润色加工的因素，但总的来说还是符合曹人婉润、淳朴民风的。

二、大风随云起 呜咽歌瓠子

——大汉天子的浩叹

古曹州同时也是雄才大略的帝王展现豪情、悲天悯人的舞台。公元前202年春天，刘邦在今菏泽市定陶区的汜水之阳践皇帝位，从而拉开了一个声威煊赫的帝国的序幕。公元前196年，刘邦亲自平定淮南王英布的反叛，在得胜还军途中，刘邦顺路回到了自己的故乡——沛县（离今天单县不远），把昔日的朋友、尊长召来，共同欢饮。酒酣之际，刘邦一面击筑、一面唱起了他即兴创作的豪情四溢的《大风歌》：

大风起兮云飞扬。威加海内兮归故乡。安得猛士兮守四方！

《大风歌》的产生，是漫天云遮、风起黄淮的壮观景象与汉高祖诗兴激荡的结果，也是身践九五尊位的刘邦豪迈的人生感慨。诗中有荡胸而生的风云丘壑，有人生功业已极的意气风发，也有对天下猛士的思慕，朴素而有张力。

离汉高祖刘邦故里不远的单父和定陶，还是吕雉和戚夫人的家乡。这是两位伴随了刘邦一生而命运迥异的女人，一个到达权力的巅峰，成为大汉实际上的女皇；一个则被折磨成“人彘”，在神形消磨中死亡。后人行经此处，曾经留下过无数感叹：

吕后

单贞定

单父门楣紫气腾，谁言息女相无凭。

可怜雉雊群狐死，不是休征是祸征。[1]

据说吕后的父亲善于看相，在一次宴会上看中了当时身份低微的刘邦，并将自己的女儿吕雉许配给他。吕雉后来果然贵为皇后，然而擅权的吕后也给吕家带来了大不幸，吕家诸人在吕雉死后尽被杀戮，谁说吕雉的面相带来的都是休征而不是祸事呢？生在定陶的刘邦另一位夫人戚姬命运则更加悲惨。宋代著名诗人范成大在《虞姬墓》中曾经感慨："刘项家人总可怜，英雄无策庇婵娟。戚姬葬处君知否，不及虞兮有墓田。"[2] 项羽的宠姬虞美人如今还有墓葬供后人凭吊，而当年备受宠爱的戚夫人的墓又在哪儿呢？戚姬的故里就是今菏泽市定陶区的戚姬寺，后人只能在暮照寒鸦中掬一把同情的泪水：

戚堌晚鸦

张彦士

从幸关东爱正稠，一朝永巷动人愁。

而今世远荒坟近，树杪乌啼恨未休。[3]

定陶东北不远处，是西汉开国功臣彭越的故乡。在楚汉争霸的战争中，有赖于彭越的敌后游击战，刘邦终于战胜了项羽，功成之后的彭越被封为梁王。彭越后来在讨伐陈豨的战役中与刘邦产生嫌隙，被贬为庶民，又被吕后诱骗回长安处死。因此，梁王台上，人们也留下了无尽伤悼：

1.（清）单贞定：《单氏诗集拾遗》，见《山东文献集成》第三辑第44册，山东大学出版社，2007年，第493页。

2.（宋）范成大：《石湖诗集》卷十二，见《钦定四库全书》集部，别集类。戚夫人墓，故址在菏泽市定陶区北十五里，此地称戚堌村、戚氏村，今称戚姬寺。

3.（清）赵国琳修，张彦士纂：《定陶县志》卷八，顺治十二年（1655年）刻本，第35页。

戚姬寺遗址（定陶区文化和旅游局提供） 崔萌萌摄

梁王台

石延年

梁王力战辅炎刘，百二山河一旦收。

千古高台遗旧恨，功成何不效留侯。[4]

汉武帝在位时，也曾亲自来到过这里。元光三年（公元前 132 年），黄河决入瓠子河，淮、泗一带洪水接天，汉武帝二十余年治水无功。元封二年（公元前 109 年），汉武帝发动数万人修复瓠子堤防，并亲临决口，祭祀水神，督促河工。在瓠子河畔，他无奈地唱出了《瓠子歌》，这是汉武帝一篇广泛流传的作品：

4.（清）赵国琳修，张彦士纂：《定陶县志》卷八，顺治十二年（1655年）刻本，第21页。梁王台，在定陶城东北五里，汉时梁王彭越所筑。台上今为东岳行祠。

梁王台遗址（定陶区文化和旅游局提供） 崔萌萌摄

瓠子歌二首·其一

刘彻

瓠子决兮将奈何？浩浩洋洋兮虑殚为河！
殚为河兮地不得宁，功无已时兮吾山平。
吾山平兮巨野溢，鱼弗郁兮柏冬日。
正道弛兮离常流，蛟龙骋兮放远游。
归旧川兮神哉沛，不封禅兮安知外！
皇谓河公兮何不仁，泛滥不止兮愁吾人！
啮桑浮兮淮泗满，久不反兮水维缓。[5]

5.（汉）班固：《前汉书》卷二十九，《钦定四库全书》，清乾隆文渊阁四库全书钞内府刊本。

汉武帝是一位雄才大略的皇帝，但面对自然力的强劲摧折，有时也只能徒唤奈何。黄河的滔滔汩汩，一泻千里，不只毁坏了百姓的家园，实际上也打破了汉武帝的求仙之梦，因为武帝能够成仙的先决条件就是要堵塞住黄河决口。方士栾大曾明确地告知他："黄金可成，而河决可塞，不死之药可得，仙人可致也。"其实，令武帝悲叹的事件又何止瓠子河决，就在他去世以后不久，他的嫡孙昌邑[6]王刘贺在长安做了二十七天皇帝，就被赶回昌邑国，朝堂上上演了一出新皇帝与旧权臣权力对决的戏码。而这位悲催的皇帝刘贺，就是汉武帝与那位"倾国倾城"的李夫人所生的第一代昌邑王刘髆的儿子，后来，刘贺被徙封到今江西境内，成为海昏侯，在郁郁寡欢中早早地结束了生命。

巨野金山秦王避暑洞　姚继平摄

6. 汉昌邑国在今菏泽市巨野县境内。

三、蒿里与愁台 父子各悲辛

——曹氏父子与鄄城

东汉末年，在关东义军兴兵讨伐董卓失败之后，曹操领兵入驻东郡，并经袁绍表奏任东郡守。从此，曹操以东郡鄄城，后来又以领属东郡的兖州为根据地开始了统一北方的战争。在东西征战之中，曹操目睹黄淮平原生灵涂炭的惨状，并有感于天下混战的动乱现实，创作了著名的乐府诗《蒿里行》：

蒿里行

曹操

关东有义士，兴兵讨群凶。
初期会盟津，乃心在咸阳。
军合力不齐，踌躇而雁行。
势利使人争，嗣还自相戕。
淮南弟称号，刻玺于北方。
铠甲生虮虱，万姓以死亡。
白骨露于野，千里无鸡鸣。
生民百遗一，念之断人肠。

从初平二年（191 年）任东郡太守，到建安元年（196 年）迎献帝于许昌，先后有五年的时间，曹操一直以兖州（治今鄄城，后移廪丘）东郡作为他统一北方的根据地，在这五年中，正是因为有了这块稳固的根据地，曹操才得以东征西战，取兖州、定徐州，灭刘表、擒吕布，成为北方一支强大的政治军事力量，并为统一整个北方打下了坚实的基础。

在曹操立足东郡四处征战的岁月里，那个才高八斗的曹子建就出生在这里，魏文帝登基后，又把他封在了这里。因此，曹操豪迈襟怀的悲凉倾诉，以及曹植抑曲难申的幽怨哀伤，都留在了鲁西南这片土地上。曹植一直受到魏文帝曹丕的猜忌，也受到东郡太守王机的诬告。黄初三年（222 年）四月，在诸兄弟都被封为郡王之后，曹植才被封作鄄城王（县王，食邑仅二千五百户），倍感失意的曹植，写下了《当墙欲高行》："龙欲升天须浮云，人之仕进待中人。众口可以铄金，谗言三至，慈母不亲。愦愦俗间，不辨伪真。愿欲披心自说陈，君门以九重，道远河无津。"曹植感受到了受人诽谤的愤懑与无奈，留下了"谗言三至，慈母不亲"的名言警句。为了为自己辩白，曹植不得不远赴京师。在从京师返回鄄城封地的途中，曹植创作了传世名作《洛神赋》。他在此赋中虚构了自己与洛神邂逅并对她产生爱慕之情，洛神的形象明艳动人，他和洛神情意绵绵，但由于人神道殊而不能结合，最后抒发了对此无限的悲伤怅惘之情：

余情悦其淑美兮，心振荡而不怡。无良媒以接欢兮，托微波而通辞。愿诚素之先达兮，解玉佩而要之。嗟佳人之信修兮，羌习礼而明诗。抗琼珶以和予兮，指潜渊而为期。执眷眷之款实兮，惧斯灵之我欺。感交甫之弃言兮，怅犹豫而狐疑。收和颜而静志兮，申礼防以自持。

赋中说，我钟情于她的淑美，不觉心旌摇曳而不安。因为没有合适的媒人去说情，只能借助微波来传递话语。但愿自己真诚的心意能先于别人陈达，我解下玉佩向她发出邀请。可叹佳人实在美好，既明礼义又善言辞，她举着琼玉向我作出回答，并指着深深的水流以为期待。我怀着眷眷之诚，又恐受这位神女的欺骗。因有感于郑交甫曾遇神女背弃诺言之事，心中不觉惆怅、犹豫和迟疑，于是敛容定神，以礼义自持。

赋主与洛神的爱情，发乎情又止乎礼，是因为人神之道殊，还是人间情愫的难以诉说？应该是兼而有之吧。然而，这段哀婉凄艳的人神之恋，又何尝不是兄弟之间君臣位殊、若即若离的情感象征？黄初三年，曹植来到京师，旨在为自己辩诬，他在《自诫令》中就表达了对自己轻信王机等人的后悔，感受到了谗毁之言的可怕力量。曹丕也在此前曾下达过《禁毁谤诏》，这次也并没有再治曹植之罪，只是在辨明之后，令其返国。这种止于君臣之礼的关系，早已非兄弟手足之情。

今天鄄城县北旧城，还依稀可见一座旧台，人们称之为“陈王台”或者“愁台”，

东晋　顾恺之（宋摹）《洛神赋图》卷（局部）　故宫博物院藏

据说就是当年曹植登高读书的地方，只是由于黄河水的淤填，它不再那么高大。在被封为鄄城（侯）王的日子里，曹植经常登高赋诗，其所创作的《杂诗七首》，当为此际所作：

杂诗七首·其一

曹植

高台多悲风，朝日照北林。
之子在万里，江湖迥且深。
方舟安可极，离思故难任。
孤雁飞南游，过庭长哀吟。
翘思慕远人，愿欲托遗音。
形影忽不见，翩翩伤我心。

其实，曹操的子孙除曹植外，很多人都被封在这里。黄初二年（221年），曹操第十一子曹玹被封为济阳侯；黄初四年（223年），曹操孙曹范被封为成武侯；黄初五年（224年），曹操第七子曹据被封为定陶王。此后，曹操子曹宇、曹林、曹矩、曹操孙曹志等先后被封在单父（今单县）、鄄城和句阳（今菏泽市牡丹区北），足见曹氏与鲁西南这片土地的深厚渊源。

菏泽特产木瓜

四、古迹使人感 琴台空寂寥
——李白、杜甫、高适与单父

在单县南护城堤内侧，有一座高台，相传是春秋时任单父（今单县城南）宰的宓子贱政暇弹琴处，故名琴台。宓子贱为孔子弟子，遵师训大倡礼乐教化，所以鸣琴而治，后来传为佳话，琴台也就成了历史遗迹。唐朝天宝年间，县尉陶沔重筑高台，设计为前方后圆，呈半月形，意为君子应有方圆，并不得自觉盈满。所以，它又名“半月台”或“单父台”。天宝三载（744 年），大诗人李白、杜甫和高适曾联袂来游，题咏颇多，遂留下了一段千古传诵的文坛佳话。

天宝元年（742 年）秋，由于玉真公主的荐引，唐玄宗下诏征李白入京，并待以隆重的礼遇：“降辇步迎，如见绮皓；以七宝床赐食，御手调羹以饭之。”（李阳冰《草堂集序》）命李白供奉翰林。李白应召入京时，也颇为踌躇满志，《南陵别儿童入京》诗云：“仰天大笑出门去，我辈岂是蓬蒿人！”他有心做一番事业来报答玄宗的知遇之恩，但这位傲岸的诗人很快就遭到了宫廷权贵们的忌恨。加之他所担任的翰林供奉只是文学弄臣，与他的政治理想不啻霄壤，因而他更为侍酒颓放。一年后，他就开始遭到谗毁，“白璧竟何辜？青蝇遂成冤”，“君王虽爱蛾眉好，无奈宫中妒杀人”，这些诗句都是他当时险恶处境的写照。天宝三载春，李白被放还乡。

单县琴台

单县琴台

单县琴台

李白离长安后，沿商州大道东行，至洛阳与杜甫相识，后又与杜甫东下，与寄居梁宋的高适相遇，于是，三人一起畅游梁、宋一带，过着饮酒论文、追鹰逐兔的放逸生活。后来三人决定联袂同游单父。恰逢当时李白的老友陶沔（二人曾同为“竹溪六逸”）任宋州单父尉（县令的佐官，管理治安，缉捕罪犯，又称少府），族弟李凝任单父主簿。秋冬之季，三人来到单父。单父是鲁国古邑，春秋时期，孔子的学生宓子贱任单父宰时，任贤用能，爱民如子，为政三年，单父大治。后人为了纪念他，就把其弹琴的高台命名为琴台。三位大诗人在陶沔陪同下，共登琴台，单父风光尽收眼底，深秋时节，天高气爽，梧桐叶落，涞水可鉴，诗人触景生情，思绪翻飞，诗兴大发。李白写下《登单父陶少府半月台》：

登单父陶少府半月台

李白

陶公有逸兴，不与常人俱。
筑台像半月，迥向高城隅。
置酒望白云，商飙起寒梧。
秋山入远海，桑柘罗平芜。
水色渌且明，令人思镜湖。
终当过江去，爱此暂踟蹰。

诗文表达了对琴台的优美景色的爱恋，其时虽然已是深秋，但白云、秋山、秋水、远海（孟渚旧泽）、桑柘、寒梧组成的画卷般的景色依然十分吸引人，本来打算去江南一游的诗人，也不得不“爱此暂踟蹰”了。李白寓任城（今济宁），其间曾多次游历单父，“寓居（单父）南楼”，诗作颇多，流传下来咏单县的诗篇就有七首之多。

高适当时过着贫困的流浪生活，他在《同群公秋登琴台》中生动描绘了登临琴台观单父美景的情形，同时也流露出自己饮酒自娱不得志的郁郁心情：

同群公秋登琴台

高适

古迹使人感，琴台空寂寥。

静然顾遗尘，千载如昨朝。

临眺自兹始，群贤久相邀。

德与形神高，孰知天地遥。

四时何倏忽，六月鸣秋蜩。

万象归白帝，平川横赤霄。

犹是对夏伏，几时有凉飙。

燕雀满檐楹，鸿鹄抟扶摇。

物性各自得，我心在渔樵。

兀然还复醉，尚握尊中瓢。

高适作登琴台诗兴意犹未尽，先后又作了《甲申岁登子贱台三首》《宋中十首》等多首诗篇，诗中歌颂了宓子贱的丰功伟绩，表达了自己也想建功立业、报效祖国的迫切心情。其中一首写道：“常爱宓子贱，鸣琴能自亲。邑中静无事，岂不由其身。何意千年后，寂寞无此人。”此后不久诗人做了封丘尉，他写诗表达自己不愿鞭挞黎庶的心情，这和他向往宓子贱的仁人之政，应该不无关系。多年之后的高适官职做到剑南西川节度使、封渤海县侯，成为唐代职位较高的大诗人。高适游单父期间，写了多首诗篇，留传下来的就有十多首。

杜甫到了晚年仍然对年轻时漫游单父的经历充满深情的怀念，流寓夔州时作《昔游》诗一首：

昔游

杜甫

昔者与高李，晚登单父台。

寒芜际碣石，万里风云来。

桑柘叶如雨，飞藿去徘徊。
清霜大泽冻，禽兽有余哀。
是时仓廪实，洞达寰区开。
猛士思灭胡，将帅望三台。
君王无所惜，驾驭英雄材。
幽燕盛用武，供给亦劳哉。
吴门转粟帛，泛海陵蓬莱。
肉食三十万，猎射起黄埃。
隔河忆长眺，青岁已摧颓。
不及少年日，无复故人杯。
赋诗独流涕，乱世想贤才。
有能市骏骨，莫恨少龙媒。
商山议得失，蜀主脱嫌猜。
吕尚封国邑，傅说已盐梅。
景晏楚山深，水鹤去低回。
庞公任本性，携子卧苍苔。

诗中回忆了他与李白、高适在天宝年间同游单父的情景，以及当年仓廪实、寰宇开、将士敢于拼命的盛世景象，相比较当时时局动荡、国势衰微、自己穷困潦倒的凄惨景象，诗人不禁嘘唏不止。

三位诗人游历单父期间过着饮酒论文、怀古赋诗的快乐生活，这是三位诗人生命中一段任情恣性的美好时光，也是我国文坛上的一段千古佳话。在中国五千年的历史中，李白、杜甫相遇、相知、同游，是中国文学史上最为激动人心的一刻。历史上的孔子见老子，是两位哲人的会见；而李白、杜甫、高适盛唐三位诗人的相遇，则是三大诗人的际会，在中国文学史上意义重大，更值得人们纪念。闻一多把李白、杜甫的相会比作“太阳与月亮走碰了头”。后来，单县人民为了永远记住他们，把李白、杜甫、高适、陶沔誉为“琴台四君子”。

曹州古城夜景　王超英摄

五、有文行古道 无位泰生民

——宋代清廉自守的诗人王禹偁

王禹偁（954 年—1001 年），字元之，山东巨野人。在中国文化史上，他是宋初著名白体诗人，宋代古文运动的倡导者，作为宋太宗朝的文坛领袖，他创作出了脍炙人口的《村行》《黄冈新建小竹楼记》等诗文名篇。除此之外，他也是宋代改革思潮的发起者，以三黜闻名的宋代著名诤臣。他还是那个时代难得的一位严于律己、生活简朴的清廉之臣，甚至完全称得上是那个时代清官廉吏的楷模。

王禹偁像

宋代是一个文人待遇优渥的时代。然而，沉浸于丝竹歌舞的享乐风气之中的王禹偁却一生都过着十分俭朴的生活。他认为，有平平淡淡的一日三餐就足够了，不必追求奢华的肥甘之享。宋代文官的待遇非常优厚，可是无论在京城做官还是在地方牧守，王禹偁从来不放浪形骸。妻子不施金翠，儿子不爱财货，自己也不蓄妓纳妾。他四入掖垣，贵为近侍，京师中却无片瓦之地，经常租住公私宅院。这样的官吏，不唯在宋代，在任何时候，都算得上是清廉的典型。王禹偁的这些人格特质，都出自他严格的自律自警意识，并和他一生关爱稼穑、为民请命的人生态度相一致。

由于宋朝对大臣的优待，社会上逐渐形成奢靡享乐的风气。《宋人轶事汇编》记载了这样一件事：真宗皇帝时，谏官上疏弹劾都尉李文和招军妓夜宴之事。真宗征询宰执王旦的意见，王旦回答："臣尝知之，亦遗其诗，恨不得往也。太平无象，此其象乎？"王旦认为这是社会太平无事的表征，真宗听了王旦的回答，也把此事放在一边，未作任何处理。其实，武将如此，文臣又何尝不是呢？吕蒙正、寇準被称为一代贤相，其生活的奢华亦足以令人咋舌。《坚瓠集》记载，吕蒙正喜食鸡舌汤，每朝必用。有一天晚上，他在后花园中踱步，远远地看见墙角处有一座小山一样的高阜，就问身边的人是怎么回事，左右告诉他：那是做鸡舌汤杀鸡的鸡毛堆起来的，此时的吕蒙正才幡然悔悟。

宋真宗时期的大臣寇準，被认为是忧虑国事的贤相，但其生活的靡费也十分惊人。宋人魏庆之《诗人玉屑》载："公（指寇準）自相府出镇北门，有善歌者至庭下，公取金钟独酌，令歌数阕，公赠之束彩，歌者未满意。"寇準无度的赏赐，竟然还不能让歌者满足，他的侍妾蒨桃实在看不下去了，于是作诗呈给寇準。其一云："一曲清歌一束绫，美人犹自意嫌轻。不知织女萤窗下，几度抛梭织得成！"寇準则和诗道："将相功名终若何，不堪急景似奔梭。人间万事何须问，且向樽前听艳歌。"其醉心于歌舞宴乐的生活可见一斑。

王禹偁生活的年代正与吕蒙正、寇準同时，虽然他不曾做到吕蒙正、寇準这样当朝宰执的高位，但也不是完全没有条件追求富足宴乐的生活。可王禹偁在生活中却十分清廉自律。王禹偁于太平兴国八年（983 年）中王世则榜进士并释褐做官，不到五年，就被召试馆职，入京担任右拾遗、直史馆。仅一年之后，他便拜左司谏、知制诰，又过了一年，摄中书侍郎、捧玉符宝册，成为中书省的重要官员。在宋代，置身中书省，掌握着朝廷诏命的草制大权，是一个被人艳羡的职位。事实也确实如此，

清　佚名　牡丹图　美国费城艺术博物馆藏

淳化二年（991）七月，朝廷封赏党项族的李继迁，命王禹偁起草诏令，李继迁送来五十匹马作为润笔费。如果依照惯例，王禹偁收下这笔财物，并不违反任何规定，更何况王禹偁骑乘的马匹早就衰老不堪（当年便病疲而死）。面对如此巨大的一笔“灰色收入”，王禹偁毅然却而不受，表现出其为官的清正和拒腐防变的决心。然而，对自己十分严苛的王禹偁，对后学士子却充满关爱。在他谪官滁上的时候，闽中士子郑褒徒步来谒，他以自己的俸禄买马相赠。当时还有人告他买马亏价，太宗皇帝听到后说：他能拒绝李继迁五十匹马的馈赠，怎么会亏一匹马的价钱？

王禹偁一生在京城做官的时间加起来有八年之久，然而，三次在京师任职的王禹偁都是赁房而居。咸平元年（998年），他三任制诰，写了一首《赁宅》诗：

赁宅

王禹偁

老病形容日日衰，十年赁宅住京师。
阁栖凤鸟容三人，巢宿鹪鹩欠一枝。
壁挂图书多不久，砌栽芦苇亦频移。
人生荣贱须知分，会买茅庵映槿篱。

其实，王禹偁和一家人也早就过惯了这种清贫的生活。瘦妻老马，四壁徒立，只有琴一张、砚一台、竹杖一根相伴而已：“妻儿惯蔬素，仆马任龙钟。一榻浑无物，孤琴对病容。风翻帘影乱，旱减井痕重。幽寂谁为伴，扶行赖瘦筇。”（《病中书事，上集贤钱侍郎五首》其二）京师中地价腾贵，屋舍紧张，买房或者建房都十分不易，但更重要的是，王禹偁从来没有想过那种求田问舍的安逸生活。

当然，清官的清贫生活有时候也让王禹偁感到生活的巨大压力。王禹偁刚从解州被召回京城时所撰的《陈情表》就动情地描述了这种状况：“伏念臣近自冗员，再叨谏署。秋兰解佩，重呼泽畔之魂；红药裁诗，不望禁中之树。固当老于小谏，日赴常参。其如亲寄解梁，身趋魏阙？四海无立锥之地，一家有悬磬之忧。以至仆马龙钟，杂于工祝；弟兄分散，迫于饥寒。”京城里玉粒桂薪、寸土寸金，这让官职不高的王禹偁陷入对生计的担忧。基于这样的现状，为了减轻消费负担，他不得不向朝廷提出改职或到地方为官的申请。

王禹偁在地方为官的时间约有十年，而且大都是在被贬黜的情形之下。这样的生活对于一个没有积蓄而又为官清正的人来说，更是一个严峻的考验。

淳化二年（991 年）秋天，王禹偁因为徐铉案被谪贬商州。商州是一个经济并不发达的偏远山区，而王禹偁又是谪宦而来，其生活的困顿可想而知。初来商州的王禹偁面对几种尴尬：其一，州官翟守素是一位资历很老的将军，他历汉、事周，后又归宋，早就声名赫赫，但久不升迁。对于王禹偁这位曾经舞文弄墨的谪官并没有多少兴趣，尽管他和王禹偁同为济州老乡；其二，商州通判冯伉也因为以前和王禹偁有过嫌隙，因此初时对他也待答不理，尽管两人曾是同年进士；其三，王禹偁排佛立场鲜明，天下共知，却不得不寓居在妙高禅院。寺里僧人无论如何也不会腾出最好的僧房给王禹偁居住，尽管王禹偁的诗文已经天下闻名。但王禹偁需要面对的最大的尴尬还是经济的拮据和困顿。为了解决生活的困难，王禹偁只好典园十亩，种菜自给。来到商州的第二年春天，王禹偁便从丹江北边、城南淮渎寺前面典租了田地，自种蔬菜，贴补俸薪的低微不足。“我携二稚子，东园撷春蔬。可以奉晨馐，采采供贫厨。”（《携稚子东园刈菜，因书触目兼寄均州宋四阁长》）然而，早已过惯了清贫日子的王禹偁，并不以眼前这样的生活为累。他甚至不无幽默地说：“从此商于地图上，画工添个舍人园。”（《偶置小园因题二首》其二）

尽管王禹偁可以种菜贴补一些家用，但仕途的失意，生活的清苦，再加上妻子患病，幼子啼哭，还是让王禹偁的身心倍受熬煎。王禹偁的弟弟禹圭家里添丁，可能生计更为艰难，于是远来向王禹偁借贷，然而，王禹偁自顾尚且不暇，又怎么能帮助这个困难中的弟弟呢？王禹偁很无奈，他给远方的朋友写信时感叹道：“前时家弟自荆南乞丐以来，数日而去，临歧聚泣，闻者泪下。”（《与李宗谔书》）可是，家境的贫寒也没有改变王禹偁的意志，他语重心长地安抚家人还有他的弟弟禹圭：“汝家本寒贱，自昔无生计。菜茹各需甘，努力度凶岁。”（《蔬食示舍弟禹圭并嘉祐》）我们本来就是寒素之家，应该努力度过眼前的困难时期。

在淮上做官的时候，王禹偁的经济状况有了很大改善，但是，即便如此，王禹

明　唐寅　牡丹图　美国弗利尔美术馆藏

偁仍然过着十分清苦的生活。他在《北楼感事》诗中说:“一妻本糟糠，不识金翠施。三男无庶孽，讵爱纨绮资。”妻子竟然不认得各种金玉首饰，儿子也从来不穿绸缎衣服。别人床上锦帐灯昏，他甚至连床帐都用纸来代替 :“风摇纸帐灯花碎，月照水壶漏水清。”(《夜长》) 这哪里像一个官宦之家啊。

王禹偁不但自己这样做，有时还以此劝诫自己的朋友。在送别赴青州上任的寇準时,他意味深长地说:“花好诗难惜,梨甘酒易醒。征还都几日,莫爱妓娉婷。”(《送寇谏议赴青州》) 因此，像王禹偁这样不慕荣华、安贫乐道的官员，在宋朝实为难得。

王禹偁为人严格自律、清贫自守，为官则耿介刚直、为民请命。宋太宗雍熙元年(984 年)，王禹偁赴苏州长洲县做知县，到任后不久，就遇到朝廷要更改酒税的问题。他便上书有司，反对以摊派酒税的形式，增加人民的负担，认为这样做是“割赤子之肉，饫幸民之腹也”(《上许殿丞论榷酒书》)。在这篇文章中，王禹偁还指出了吴越国钱氏以“琛赆为名肆烦苛之政，邀勤王之誉而残民自奉”的事实，一改人们所认为的钱氏以忠孝治国的虚名，显示了王禹偁刚直不阿的个性。雍熙三年(986 年),长洲歉收,然而,百姓的租赋一点也没有得到蠲免。户部责成于郡,郡责成于县，催租逼调，“鞭笞之人日不下数百辈，菜色在面而血流于肤。读书为儒，胡宁忍此”(钱谷《吴郡文萃续集补编》)。此时的王禹偁把自己用于吏部考绩的职官凭证作抵押，向巨商借得一万七千缗钱，“市白粲而代输之，始可免责”(同上)。以自己的考核功簿和前途为抵押替民请命，这样的官吏实属难得。王禹偁在后来的一首诗中写道:“自觉有文行古道，可能无位泰生民。”(《长洲遣兴》) 对于自己的所作所为，他仍不断地反省自励。

王禹偁为民请命的思想有时体现为一种悲悯宽大的人文情怀。宋真宗咸平年间，王禹偁知黄州，看到狱中犯人“每有患时疾者，牙相侵染，或致死亡”，于是他上书朝廷，请令诸路置病囚院，“持杖劫贼，徒、流以上有疾，即于病牢将治。其斗讼、户婚，杖以下得情款者，许在外责保看医，俟痊日区分”。咸平四年(1001 年)二月二十六日，在王禹偁去世之前的七十七天，朝廷同意了王禹偁的奏请。这种充分尊重人的生命和尊严的思想正是王禹偁高尚人格的不灭光亮。

王禹偁虽然一生未曾做到宰执之位，但忧虑国事、关心百姓，他在为官作宦的二十年中，多次上书朝廷改革弊政，从《端拱箴》到《御戎十策》，再到《应招言事疏》，他的改革思想日益成熟，对后世的影响十分深远。他秉持儒家修身立德的观念，经常反躬自省，这种精神最集中地体现在他的《对雪》中：

对雪

王禹偁

帝乡岁云暮，衡门昼长闭。
五日免常参，三馆无公事。
读书夜卧迟，多成日高睡。
睡起毛骨寒，窗牖琼花坠。
披衣出户看，飘飘满天地。
岂敢患贫居，聊将贺丰岁。
月俸虽无余，晨炊且相继。
薪刍未阙供，酒肴亦能备。
数杯奉亲老，一酌均兄弟。
妻子不饥寒，相聚歌时瑞。
因思河朔民，输税供边鄙。
车重数十斛，路遥几百里。
羸蹄冻不行，死辙冰难曳。
夜来何处宿，阒寂荒陂里。
又思边塞兵，荷戈御胡骑。
城上卓旌旗，楼中望烽燧。
弓劲添气力，甲寒侵骨髓。
今日何处行，牢落穷沙际。
自念亦何人，偷安得如是。

深为苍生蠹，仍尸谏官位。
謇谔无一言，岂得为直士。
褒贬无一词，岂得为良史。
不耕一亩田，不持一只矢。
多惭富人术，且乏安边议。
空作对雪吟，勤勤谢知己。

现在，王禹偁去世已经一千多年了，但他清廉自守、刚正不阿的品格依然为我们所敬仰。他留给后人的不只有他的雄文古道，还有直道躬行、为民请命的高尚情怀。作为那个时代清官廉吏的楷模，他是无愧的；作为宋代诗文首开风气之人，他的贡献也是卓越的。

明永乐　剔红双层牡丹纹圆盘　故宫博物院藏

六、诗书传家久 一门尽簪缨
——宋代巨野晁氏家族文化

宋代晁氏是中原最负盛名的文化家族、仕宦家族之一，有宋三百余年，晁氏诗书传家。在其家族鼎盛的二百余年间，先后出现了近三十名进士，十几名显宦。晁氏家族中有些人因为成为两制之臣，在文坛上留下了后人称道的雅望，还有数不清的门生故吏，如相继成为朝廷重臣的晁迥、晁宗悫父子门下就有夏竦、宋绶和晏殊。有些人长期在地方为政，赢得了清廉和干练的时名，受到人们的称颂，如晁宗恪、晁端友、晁端彦、晁百谈；晁氏家族更多人以文学著名，如大晟词人晁端礼、苏门四学士之一的晁补之、江西派诗人晁冲之等，他们的诗、文、词，都在那个时期独擅胜场。也有的晁氏族人在文献学方面做出突出贡献，如晁公武等，其《郡斋读书志》是传之百代的文献学名著。晁氏家族的女性成员也为这个家族增光添彩，她们的懿德风范，泽及后人，显示出晁氏良好的家风。这方面的代表当属曾巩的妻子晁文柔、叶梦得的母亲晁静。

晁氏家族首先以文学闻名当世。晁氏家族科举上的成功，多人居于翰林清华要职，在文学上取得了杰出的成就，这一切最终形成了晁氏家族以文章清华著称的家族特色。因此，晁说之曾向皇帝自豪地表白说，海内之人公推晁氏一族为文学之家。

晁氏家族中第一个中进士的是晁迥，他于太平兴国五年（980 年）苏易简榜进士及第。宋真宗一朝，晁迥仕途平顺，曾经做过翰林学士、翰林学士承旨，并多次主持贡举，门生多为闻人，其在文坛上的声望不言自明。晁迥任职翰林时，曾得到过皇帝“拔烛”“簪花”“赐字”等荣宠，更何况，在晁迥的门生后学中，夏竦、宋绶和晏殊俱由制诰文臣而位居宰执。尤其是晏殊，更成为王禹偁之后的文坛领袖。由此也可看出晁迥对宋初文坛的影响之巨大。晁迥之子晁宗悫初以恩荫入官，后诏赐进士出身，历官知制诰、翰林学士。父子同掌诰命，史所罕见，因此举朝上下咸以为荣耀。晁迥以后，晁氏家族在科举考试方面取得了巨大的成就，使本家族迅速成为一代文化高门。晁氏家族以文学见长的还有“之”字辈一批俊才，如晁补之、晁说之、晁冲之、晁泳之等。其中，尤以位列苏门的晁补之最负盛名。

晁补之（1053 年—1110 年），字无咎，号归来子，济州巨野人。北宋著名文学家，苏门四学士之一。元丰二年（1079 年）进士，授澶州司户参军、北京国子监教授。元祐间回京，历任秘书省正字、校书郎，此后因生活拮据外任扬州通判，又召回秘书省。绍圣初，出知齐州，后来受到苏轼牵连，以修《神宗实录》失实的罪名，被连贬应天府、亳州、信州等地。徽宗即位，召拜吏部员外郎、礼部郎中。崇宁间追贬元祐旧臣，出知河中府，徙湖、密等州，后退闲故里，啸傲田园。晚年起知泗州。死于任所。

晁补之像

作为“苏门四学士”之一，晁补之是深受苏轼赏识的。两人初识于杭州，晁补之在写诗作文方面得到苏轼的亲自指导。苏轼在《和陶饮酒二十首》中称赞晁补之文采过人，“晁子天麒麟，结交及未仕”，并说晁补之“高才固难及，雅志或类己”，两人的志趣是十分相投的。除了元祐年间师徒在京师度过一段美好的时光之外，晁补之与苏轼最深的渊源就是他任扬州通判时，与同在扬州做知州的苏轼师徒共守一郡的经历。晁补之于元祐六年（1091 年）来到扬州任职，一年之后，苏轼来知扬州。他们为花柳繁华的扬州增添了一道文学亮色，让人文荟萃的扬州又锦上添花。两人在扬州既留下了善政，也留下了一段令后人仰慕的文坛佳话。苏轼称他的这位爱徒为“风流别驾”。

苏轼和晁补之非常注意保护扬州的文化精英。据说在苏轼和晁补之任职扬州的时候，石塔寺的长老派侍者送来一封信，想辞职离开石塔寺，再回到西湖旁的老地方去。苏轼与晁补之赶到石塔寺，令人敲起大鼓，不一会聚集来很多围观的市民。苏轼拿出一份文告，让晁补之当众宣读：“大士何曾出世，谁作金毛之声；众生各自开堂，何关石塔之事。去无作相，住亦随缘。戒公长老，开不二门，施无尽藏。念西湖之久别，亦是偶然；为东坡而少留，无不可者。”[1] 扬州州衙群僚皆至，市民百姓都来聚观，戒公长老再也不好意思离开扬州了。

在扬州，苏轼和晁补之留下的另外一段风雅就是两人一起开始大量追和陶渊明的诗，并借机探讨人生妙理。苏轼在《和陶饮酒二十首序》中说，自己酒量很不行，但常常以饮酒为乐事。饮不了几杯，便欲昏昏睡去，人们往往觉着自己醉了，但自己心里却十分明白，所以，也很难说自己是醉是醒。在扬州的时候，每次饮酒，都是过午则罢。客人走后，便解开衣襟，箕踞而坐，虽然谈不上十分高兴，但是也感到很适意。晁补之和苏轼在扬州所写的和陶诗，大都抒发自己的人生感慨和体悟，从内容上讲，它们并非写闲居的桑麻之乐，诗风也不像陶渊明的田园诗那样平淡闲远。然而，正是由于苏轼和晁补之的鼓唱和作，才使得陶渊明的声望如日中天，并赢得后人喜爱。而且，师徒二人从此也与陶渊明结下了不解之缘，苏轼在贬谪岭南的时候和尽陶诗；晁补之晚年则俨然以陶渊明自喻，家中的一景一物都以陶诗名之。

元祐七年（1092 年）春夏之间，晁补之的从叔晁端彦、从弟晁说之也陆续来到

1.（宋）释惠洪：《冷斋夜话》卷七，清乾隆文渊阁四库全书钞江苏巡抚采进本。

扬州任职，叔侄并至，让晁补之和苏轼的风雅生活更是锦上添花。晁端彦和苏轼为同年进士，故交重逢，同年聚首，他的到来无疑让苏轼和晁补之师徒更加开心。他们一起饮酒高会，一起谈诗论文。

元祐七年初秋，苏轼和晁氏叔侄来到平山堂下，瞻仰欧公遗迹。平山堂是欧阳修于庆历八年（1048 年）担任扬州知州时所建。欧阳修是苏轼的座师，如今欧阳公已逝而亭台依旧，人生无常的悲哀让苏轼顿生凄凉之感。他当时写下了一首《西江月》：

西江月

苏轼

三过平山堂下，半生弹指声中。十年不见老仙翁，壁上龙蛇飞动。　欲吊文章太守，仍歌杨柳春风。休言万事转头空，未转头时皆梦。

没过多久，晁端彦被召回朝里，一个月之后，苏轼也离开了到任才仅仅半年的扬州。这年年底，晁补之也接到了朝廷的诏令，除秘书省著作佐郎。临行之际，他一连写下了两首小词，表达自己的不舍之情，兹录一首如下：

虞美人

晁补之

江南载酒平生事，游宦如萍寄。蓬山归路傍银台，还是扬州一梦、却惊回。　年年后土春来早，不负金尊倒。明年珠履赏春时，应寄琼花一朵、慰相思。

苏轼与晁补之师徒共守扬州的时日虽然短暂，但却快乐而又充实。从苏轼这位当代大贤身上，晁补之不仅学到了写诗作文的本领，更多地学到了施政为民的治郡思想。同时，苏轼的人生观也深深地影响了晁补之。在苏轼和四学士的关系中，晁补之和苏轼的往来最为密切，聆听苏轼教导的机会最多。这也是晁补之在诗、文、词的创作以及立身处世方面与苏轼多有相似之处的主要原因。当然，晁补之、苏轼的这段并不太长的经历，也为扬州添上了令世人乐道的风流佳话。

晁氏家族赢得社会赞誉，同时又维系家声二百余年不坠，另外一个重要原因，是晁氏族人非常注重藏书，并在文献学方面做出巨大贡献。晁氏家族作为一个世代传承文献的大家族，其贡献至少包含两个方面：其一，对于历代典籍、金石、书画等文献的收藏、研究与传承；其二，对于当时朝章典故、先贤前言往行的记载与传播。这两方面构成了晁氏家族文献之家的完整内涵。

自五代雕版印刷术广泛运用以来，书籍在社会上的流通越来越普遍，这对于宋代文化的繁荣贡献极大，由此也催生了一大批著名的藏书家。据研究，宋代藏书万卷以上的藏书家多达二百余家。晁氏家族就是这些藏书家中具有代表性的一个。其特点是藏书种类丰富，多收藏有古本、手抄本、稿本，精于校勘，撰写题跋、解题，集宋代私家藏书文化之大成。

晁氏家族的藏书源远流长，其远祖晁佺"历五代百战之烟尘，而能保其上世之诗书"，为晁氏家族的藏书奠定了最早的基础。晁迥一生苦嗜书籍，"手不释卷，笔不停辍"[2]，未尝一日不观书，他还手抄了不少书籍。由于资料欠缺，晁迥藏有哪些书已不易弄清楚，但他藏有大量佛教著作应该是确定的，从他的著作中大量娴熟地引用佛经可见一斑。他对于文学著作也非常熟悉，应该藏有不少文集。《西清诗话》保存了这样一条材料："渊明意趣真古，清淡之宗。诗家视渊明，犹孔门视伯夷也。其集屡经诸儒手校，然有《问来使》篇，世盖未见，独南唐与晁文元家二本有之。"[3]

晁氏家族藏书中有得自其他著名藏书家的善本书。这些藏书对于校勘古籍具有很高的价值。晁氏家族的藏书中还有一些珍贵稿本，这些稿本在他们的呵护下才得以刊刻传世。例如，司马光的多种著作都是据晁说之收藏的稿本刊刻才得以传世，如《通鉴举要》《司马文正传家集》《潜虚》等。晁氏家族的藏书多有精品，他们在收藏的同时，更注重对这些书籍的校雠，晁说之《刘氏藏书记》云："予家则五世于兹也，虽不敢与宋氏争多，而校雠是正，则未肯自让。"晁公武继承发扬了家族

2.（宋）晁迥：《法藏碎金录》，自序，清乾隆文渊阁四库全书钞内府藏本。

3.（宋）胡仔：《苕溪渔隐丛话》前集卷四，清乾隆文渊阁四库全书钞江苏巡抚采进本。

清　恽寿平　牡丹册之一　台北故宫博物院藏

藏书的优良传统，以毕生精力收藏、校勘古籍并撰写提要，集宋代私家藏书文化之大成，撰成了目录学巨著《郡斋读书志》。

《郡斋读书志》是晁公武的一部具有代表性的重要目录著作，此书表现出晁公武在目录学上多方面的贡献。首先是其图书分类既有因袭，又有创新；其次是设置总序、类序和小序，具有辨章学术、考镜源流的作用；第三是提要体例完备，内容丰富。总之,《郡斋读书志》介绍作者详略有法，评述内容简明精当，并且偏重考证、辨伪，也注意著录版本。它体现了晁公武卓越的目录学思想，对后世的目录学产生了极大影响。陈振孙的《直斋书录解题》和马端临的《文献通考·经籍考》，无论在解题体例还是著录内容上都对此书多有借鉴。凭《郡斋读书志》一书，晁公武就可称得上是我国著名的文献学家，值得后人重视和学习。

晁氏对文献学的贡献还体现在对金石书画的收藏、鉴赏、题跋以及创作上面。作为文化的载体，书画、金石、出土文物也承载着文明的信息。宋代“考古”学非常兴盛，人们对于金石、书画产生了浓厚的兴趣。欧阳修的《集古录跋尾》、赵明诚的《金石录》是其中杰出的代表。晁氏家族作为著名的大家族，自然也非常注意文化上的修养。他们具有很高的艺术才能，收藏、鉴赏书画是他们的特长。他们和当时的著名书画家米芾、苏轼、黄庭坚都有密切的交往，这在客观上也提高了他们的艺术水平。晁氏家族成员多喜欢收藏书画，在书画创作方面也颇有成就。晁补之、晁说之在邓椿的《画继》中均立有传。晁氏家族收藏的书画文物在历代典籍中也多有记载。他们收藏有李煜墨迹、多种《兰亭序》摹本及欧阳询、怀素等人的书法作品。他们的收藏、鉴赏、题跋以及创作本身，对于文献的传承也是一种贡献。

文献的传承除了靠物质的载体以外，先贤的懿德风范对于后学者同样重要。晁氏家族与当时著名的世家大族多有交往。家族成员不仅文采卓著，对于朝章国故，亦耳熟能详。在靖康之难以后，这一点显得尤其突出。当时一些与国同休戚的著名大家族均与晁氏家族有着密切的交往，或师生，或姻亲，或世契，构成了当时一个比较稳固的高层文化社交圈。世交所形成的网络，无疑渗透到人生的各个方面。晁说之就处于这个网络之中。他一方面具有庞大的家族社交圈，另一方面又与西京文化圈保持着密切的联系，成为当时文化界非常活跃的人物，对于传承元祐学术起到很大的作用。晁氏家族作为与国同休戚的大家族，国家的兴亡往往使他们念兹在兹，朱弁记载的一件事很好地说明了这一点：

元祐奸党置籍……岁月滋久，逮宣和中，所籍人往往多在鬼录。独刘器之、范德孺二公在耳。未几，器之之讣至东里。晁以道对宾客诵“南岳新摧天柱峰”之句，至哽咽不得语，而客皆拉睫，以道徐曰：“耆哲凋丧殆尽，缓急将奈何？”客曰：“世未尝乏材，前辈虽有殄瘁之感，安知无后来之秀？”以道曰：“人材之于世，譬如名方灵药之于病也。世之集名方、储灵药者多矣，然不肯先疾而备，至于疾既弥留，乃始阅方书而治药材。不如见成汤剂为应所须而取效速也。”时坐客无不深味其言而叹服之。[4]

刘安世于 1125 年去世后，晁说之对于国家命运的担忧很快变为了现实。而他对于国家的深深的责任感与忧患意识，也作为前辈的一种风范影响到后人，这又何尝不是一种贤士大夫的传承呢？

晁氏的爱书、藏书的传统还影响了时人和后人。南宋爱国诗人、藏书家陆游便是其中之一。陆游的外祖母乃晁端彦之女，晁氏是他的舅家，陆游也可谓晁氏藏书世家中的一员。陆游《跋诸晁书帖》说：“某之外大母清丰君，实具茨先生（晁冲之）女兄，而墓刻则景迂先生（晁说之）所作。故某每见昭德及东眷中表，每感怆也。”[5] 他对舅公景迂先生留有很深的印象。“某于公为弥甥，方跟跄学步时，已获拜公”[6]，对舅公的操守德行敬佩不已。他曾从表兄晁子阖（说之孙）处抄录舅公的著作，仔细研读，并拟加以校勘。陆氏也是一个藏书世家，绍兴十三年（1143 年），南宋朝廷设秘书省，诏求遗书于天下，陆游的父亲献书达一万三千余卷。

明代嘉靖年间，晁氏裔孙中又出了一位藏书家——晁瑮，字石君，号春陵，官

4.（宋）朱弁：《曲洧旧闻》卷二，清嘉庆十年（1805年）虞山张氏照旷阁刻学津讨原本。

5. 据陆游《跋诸晁书帖》称，其外祖母为著名江西派诗人晁冲之的姐姐，晁氏“之”字辈。

6.（宋）陆游：《景迂先生祠堂记》，《渭南文集》卷十八，清乾隆文渊阁四库全书钞内府藏本。

清　恽寿平　牡丹册之一　台北故宫博物院藏

至国子监司业，管官方刻书。其子东吴，选翰林院庶吉士。父子都喜购书藏书，斋名宝文堂，合编《宝文堂书目》三卷，流传至今。从这部私藏书目上可以看到，晁氏著录了大量的通俗小说和戏曲，为今之学界推重。2000 年，自美国回归常熟翁氏六世藏书中，有一部宋乾道四年（1168 年）嘉州刻本晁公朔《新刊嵩山居士文集》，内钤“澶州晁氏宝文堂记”“澶州晁太史家藏阁籍”等晁瑮藏印；抑或为晁氏家塾世守之物，弥足珍贵。晁瑮父子的藏书活动虽只是家风余绪，但某种意义上说，晁氏家族的世代书香前后维系五六百年之久，在中国文化史上也是不多见的。

中原晁氏家族在宋代兴盛逾二百年，其与江南的文化渊源则超过了二百年。晁氏家族能够长期保持家声不坠，与这个家族重视文化的传承有直接的关系。晁氏族人有很多共同的文化品格和政治立场，概而言之，主要体现在以下几点：其一，好读书。晁氏家族藏书众多，也非常重视培养子弟们好读书的传统。晁氏族人能有近三十人考中进士，就足以说明家族中读书之风的浓烈了。其实，晁氏子弟们不唯好读书，还有很多人博闻强识。有一件事可作证明：熙宁二年（1069 年），年才十七的晁补之同自己年龄相仿的叔父晁端禀一起会客，恰好客人家的墙壁上有一篇上千字的石刻长文，叔侄二人看了一遍，竟至于全都背诵下来。其二，好经学。晁氏家族很多人都深于经学研究。这当然和当时的科考分不开，也和晁氏喜欢治经的传统密不可分。晁氏族人治经的范围很广，儒家经典、佛教经典、诸子百家几乎全部涉及。晁迥晚年喜欢阐释佛经，晁端仁专研《易经》，晁贯之独喜《墨经》，晁补之喜好《楚辞》，晁说之、晁公武则子《诗》《书》《春秋》《论语》《中庸》《老子》以至于律历杂说无所不治。当然，儒家的经典还是晁氏族人共同的研治目标，所以他们往往在文章中显示自己这方面的优长。晁补之元丰二年（1079 年）考中进士，宋神宗读到他的文章之后，便对身边的大臣们说：“是深于经，可革浮靡。”[7] 其三，性情宽简。晁氏族人从晁迥那一代算起，大多为人淡泊，临事宽简。据《宋史》本传记载：“（晁迥）性乐易宽简，服道履正，虽贵势无所屈，历官临事，未尝挟情害物。真宗

7.（宋）张耒：《晁太史补之墓志铭》，《名臣碑传琬琰集》中集卷三十四，清乾隆文渊阁四库全书钞浙江孙仰曾家藏本。

数称其好学长者。”[8]晁迥的宽简个性对晁氏后人影响甚大，后世诸如晁宗悫的“乐易慈恕”，晁端友的“人易以亲”“不乐为吏”，再到晁冲之、晁公迈等的放浪形骸、啸歌饮酒,都可谓一脉相传。其四,政治立场保守。北宋是一个充满社会危机的时代，因此自宋初以来，改革与保守的矛盾便一直存在。北宋中期王安石的变法，更将两派的矛盾推到尖锐不可调和的地步。而在北宋中期的这场斗争中，晁氏家族的人几乎无一例外地站在保守者一边。晁端彦与积极支持变法的章惇由“三同”（同生、同年、同馆职）变得百不同，后来因为不赞成变法被贬知陕州，并死于贬所。晁补之则因为与苏轼同属旧派，被一再贬谪。晁说之更是立场鲜明地追随司马光，并直言王安石不应配享神宗庙廷。其五，洞悉物理，明于吏道。晁氏族人的宽简乐易，并不意味着为官做吏时不作不为。相反，走向仕途的晁氏族人大都善于待人接物，善于为政理民。晁宗悫官至翰林时曾经一个晚上写就五篇将相制诰,《宋史》本传称其“褒扬训诫，人得所宜”。后来，晁宗悫权发遣开封府事，“辨雪疑狱有能名”[9]。李元昊反叛，晁宗悫安抚陕西,“上专以西事委之”[10]。晁公谔在新城以及沅州为官时，对于地方豪强犁人墓穴、广昌县令讹诈地方富户等种种疑难案件，皆一一破解，善恶各得其所。晁补之知齐州时，甫一到任，便暗访盗贼踪迹，然后聚集州城内各方人士宴饮，酒席未散，便差捕快将所藏匿的盗贼悉数拿获，州人震动。

总之，中原晁氏是一个受传统熏陶而形成的文化家族，它继承了汉代以来中原地区耕读传家、重经重学的传统，也继承了儒学中对君子品格的孜孜追求，从而形成了良好的家风，并奠定了两百余年文章清华、一门簪缨的辉煌。在中国传统社会，晁氏家族为北方的家族文化建设树立了典范，也为江南文化的发展做出了贡献。

8.（元）脱脱等：《晁迥传》，《宋史》卷三百一十五，清乾隆文渊阁四库全书钞内府刊本。
9.（元）脱脱等：《晁宗悫传》，《宋史》卷三百一十五，清乾隆文渊阁四库全书钞内府刊本。
10.（宋）晁说之：《文林启秀序》，《嵩山文集》卷十七，民国二十三年上海商务印书馆四部丛刊续编景旧钞本。

七、陇山漂泊久　新廷作元戎
——元代商挺叔侄的诗与画

曹州商氏是金元时期的名门望族，百余年间，子弟才俊辈出，科举中第不断。商氏籍出曹州济阴县，他们多能诗善文，或长于书法绘画，或能够识音知律，是中原风雅文化的代表。商氏九世商衜，字正叔，好诗词，善绘画，与当时的著名诗人元好问是好友，在金末动乱的年月里，两人惺惺相惜，相互勉励。商正叔有鲁西南人的豪爽侠气，元好问《曹南商氏千秋录》称他“滑稽豪侠，有古人风”。商正叔兄平叔于至宁元年（1213 年）中癸酉科特恩状元，金末动乱中，在陕西为官。正大八年（1231 年）十月，商平叔为秦蓝总帅府经历官，次年二月，战败自刎而死。正叔此时当随其兄漂泊于陕、陇之间，作《陇山行役图》。元好问为之题诗二首，以记二人之间情谊：

商正叔陇山行役图二首

元好问

其一

陇坂经行十遇春，也随风土变真淳。

吴山汧水不必画，留在秦音已可人。

其二

梦中陈迹画中诗，前日行人鬓已丝。

我亦寒亭往来客，因君还寄出关词。

其一在写画家本人。诗人起笔写“陇坂经行十遇春”，是指商正叔在陇山地区生活多年，行经陇山已有十个春秋，正因如此，诗人接下来赞正叔“也随风土变真淳”，即人变得既率真又淳朴。“吴山汧水不必画”指陇山之下的陇州地带的吴山、汧水无需多画，不必画的原因是“留在秦音已可人”，亦即乡音已成秦陇语音，听来比画作更让人感到亲切可人。

其二重在写画作之妙。因该画名为《陇山行役图》，所以诗人首句就说“梦中陈迹画中诗”，赞画家笔下陇山风物依旧，画境如诗。“前日行人鬓已丝”一句，指画中的“行役人”鬓发如丝。“我亦寒亭往来客”一句，诗人因观画面而生情，慨叹自己亦是陇山寒亭中的往来过客，为生计而奔波。结句“因君还寄出关词”，则写之所以是寒亭过客，是因为商正叔给我寄发了出关的歌辞。这两首诗亦实亦虚，亦景亦情，表达了诗人与画家的真挚友谊。

商正叔不唯善画，也擅长作曲，他曾改编南宋初年艺人张五牛所作《双渐小卿诸宫调》，为青楼名妓赵真真、杨玉娥所传唱，今已不传。其所作数首《天净沙》小令，典雅疏散，余味悠长。明人朱权《太和正音谱》评其词“如朝霞散彩”。

【越调】天净沙

商衟

寒梅清秀谁知？霜禽翠羽同期，潇洒寒塘月淡。暗香幽意，一枝雪里偏宜。

剡溪媚压群芳，玉容偏称宫妆，暗惹诗人断肠。月明江上，一枝弄影飘香。

野桥当日谁栽？前村昨夜先开，雪散珍珠乱筛。多情娇态，一枝风送香来。

雪飞柳絮梨花，梅开玉蕊琼葩，云淡帘筛月华。玲珑堪画，一枝瘦影窗纱。

商氏十世商挺（1209 年—1288 年），是商氏家族中最为显赫者。青年时代，商挺也与著名诗人元好问等交游，至 1253 年入侍忽必烈于潜邸，忽必烈取得汗位以后，商挺任陕西、四川等路宣抚副使，与宣抚使廉希宪等共同挫败蒙古将领哈剌不花、浑都海等人的叛乱。后改佥陕西、四川行省事，晋参知政事。至元元年（1264 年），商挺被召入京，拜为中书省参知政事。历任同佥枢密院事、佥枢密院事、枢密副使等职，于元初军政制度多所创建。至元九年（1272 年）十月，商挺赴京兆皇子王相府任王相。至元十五年（1278 年），以王府内讧，株连罢职、籍家。无罪获赦后，隐居不出，死于京城。仁宗延祐初年，追封推诚协谋佐运功臣、太师、开府仪同三司、上柱国、鲁国公，谥文定。商挺能诗赋，兼工书法。著有《藏春集》六卷。商挺有诗千余篇，惜多散佚。《元诗选》癸集存其诗四首，《全元散曲》从《阳春白雪》中辑其小令十九首，多写恋情及四季风景，颇有晏殊所谓富贵气象。

【双调】潘妃曲

商挺

绿柳青青和风荡，桃李争先放。紫燕忙，队队衔泥戏雕梁。柳丝黄，堪画在帏屏上。

闷向危楼凝眸望，翠盖红莲放。夏日长，萱草榴花竞芬芳。碧纱窗，堪画在帏屏上。

败柳残荷金风荡，寒雁声嘹亮。闲盼望，红叶皆因昨夜霜。菊金黄，堪画在帏屏上。

暖阁偏宜低低唱，共饮羊羔酿。宜醉赏，宜醉赏蜡梅香。雪飞扬，堪画在帏屏上。

八、扬威运河上 归来赋南园
——明代郓城樊氏与《草堂诗集》

明朝郓城樊氏为孔子弟子樊迟之后人，至六十一世樊敬，为明刑部左侍郎，嘉议大夫，在朝历事明洪武、建文、永乐、洪熙、宣德五代皇帝四十余年，始终清廉为官，累建奇功，为大明开国创业前期一代名臣。

樊敬于明洪武二十年（1387 年）中举人，后中进士，洪武间历任春坊司谏、行人司司副、鸿胪寺丞。建文四年（1402 年），升鸿胪寺左少卿。永乐二年（1404 年），又升鸿胪寺卿。永乐三年（1405 年），升广东布政司左参政。入朝后任通政使司左通政，曾以通政使司左通政之职率大军镇守河北真定府。永乐八年（1410 年）、十二年（1414 年）明成祖朱棣两次御驾亲征漠北（蒙古），樊敬总督兵饷，供给两次大军北征，以勤勉干练保证了五十万大军的军需供应。

永乐十八年（1420 年）正月，樊敬以通政使司右通政、行军司马之职率十万大军镇守济宁。据明嘉靖济宁州知州韩瓒所立《行军司马樊公碑》记载，“时天下初定，命公守真定，继守济宁，率十万雄师，扼南北之冲”。济宁是运河之都，是京杭大运河的交通枢纽，而京杭大运河则是明王朝的经济命脉和生命线，每年约有四五百万石漕粮及丝绸布匹由江南通过大运河源源不断运往北京。因为运河航运的安全非常

樊敬做济宁运河总督时明朝的漕船

重要，明朝廷授予樊敬很大权力，明成祖在永乐十八年正月二十日的敕谕中说："敕行军司马樊敬往守济宁，抚操十万壮士，指挥以下除授总兵官亦听调，违令斩首。"樊敬秉承旨意，重典治吏，严打匪盗，声威大震。

樊敬的曾孙樊继祖，明孝宗弘治十四年（1501 年）中举人，正德六年（1511 年）进士，初仕为临颍知县，由于御寇有功，召为山西道监察御史。嘉靖十二年（1533

年）十月，山西大同兵变，樊继祖在宣抚大同的时候，遇事果敢，受到朝廷嘉奖。此后，樊继祖升任兵部左侍郎，提督蓟州、山海关等处边备。嘉靖十九年（1540年），樊继祖升兵部尚书，总督河北宣府、山西大同等处军务，兼理粮饷，成为身负重任的封疆大吏。嘉靖二十二年（1543年）三月，樊继祖改任工部尚书兼都察院右副都御史，奉敕前往四川、湖广督采皇木，营建北京九庙及京城宫殿。樊继祖不畏路途遥远、山高沟深，在规定的工期中，深入西南采集各类大木，朝廷特旨加封为太子少保（从一品）。

济宁距离郓城只有百里，樊敬在故里郓城南关建雪霁草堂，供政务之暇在此燕栖、会友。"朔吹凝寒雪乍晴，草堂深处有余清。光分泰岳千峰晓，影落河流九派明。"正如当时的翰林学士周叙赠题雪霁草堂的诗中所写，雪霁草堂在一派田园风光中映射出主人公风雅的人文情怀。樊敬及其曾孙樊继祖，将明初草堂初建以及明中期草堂重修时同僚的赠诗辑为《草堂雪霁》诗集，共收入各体诗作一百二十四首，其中一部分为明初雪霁草堂主人樊敬同僚之作，包括明代大学士杨士奇、尹凤岐及以下各级官员和诸乡贤；另一部分为重修后的雪霁草堂主人樊继祖向同朝官员、文士所征之诗。该部分诗的作者有户部尚书李瓒、翰林修撰状元吕柟等一百余位同朝官员，足见唱酬之盛。除去《草堂雪霁》诗集之外，樊氏还留下了《十景诗集》《南园漫兴》《招友传集》等诗集。

《十景诗集》以草堂十景为吟咏对象，辑录的是樊继祖同僚苏祐、高壁以及范瑟等人唱和之作。草堂十景，即樊继祖重修雪霁园后，园中山、石、亭、榭等所呈美景的总括。其中既有园中所造，也有登高远望所见，四时远近风景，尽存乎一园之中。雪霁园中原有两块巨大的太湖石，犹如双峰并峙，颇受雪霁园后来主人樊继祖的喜爱，樊氏以此取号为"双岩居士"。樊继祖还创作了《双岩自识》吟咏草堂景色，其中既有古风古韵的《草堂雪霁四言古》，也有篇幅宏大的题咏双岩的近体排律。特别值得重视的是，在重构雪霁堂诗和题咏岩石的诗前，作者附以很长的序文，交代了双岩石的来历以及重构雪霁堂的意义，议论精警，给后人以启示。

《南园漫兴》为樊继祖致仕后所作之诗。南园，即雪霁草堂，因其地处郓城城南，故有是称。诗集名曰“漫兴”，是因为诗不拟题，亦不限韵，随作者之兴肆意落笔而成。全集各题诗作一百一十九首，为樊继祖退居南园时的主要作品。与其他诗集不同的是，《南园漫兴》依韵部编辑，不是一时所作。《南园漫兴》之后还附有《九鹤来仪集》和《招友传集》，前者为樊继祖致仕后南园寿诞时众乡宦记述瑞异之作，计有各体诗作十二首。樊氏于雪霁草堂重修竣工之后，于园中设宴款待前来致贺的众位乡宦，适逢樊氏寿诞，又恰好有九只鹤鸟翩跹飞来，众人皆以为瑞兆，以

樊继祖像

清乾隆　松花石牡丹砚　台北故宫博物院藏

诗记述此事，并称颂樊氏功德。《招友传集》是樊继祖燕栖于雪霁草堂时会同诗友所作，是集中诗词曲讴样样俱全，情怀表达无拘无束，是其诸诗集中的另类。尤其是其中的《漫兴乐四首》，表达了诗人在经历富贵荣华、宦海浮沉之后看透人生的通达：

漫兴乐四首[1]

樊继祖

一

爱的是青樽绿蚁，爱的是云山溪水。青鞋布袜，踏碎了烟霞地。花满蹊，柳满堤，诗一卷，酒数杯，寻花穿柳，放浪在春山里。更把那明月清风勾引在亭儿外，曲儿内。欢喜醉，扶上车儿去。飘逸，酣卧在白云处。

1.（明）樊继祖：《招友传集》，《世恩堂》抄本卷四，未刊刻，为传抄孤本。

二

自在似清风明月，自在似八仙图画。山肴野蔌，摆列在清山以下。秋千架，荼蘼架，客共主，酒对花，瓷杯瓦缶，醉倒在松根下。似俺这风月的襟怀管什么？汉三杰，唐十八，烟霞千万段，尽属咱丢撒。噫呀，傀儡场都是假。

三

三十载金戈铁马，到而今无牵无挂。吟风弄月，潇洒在湖山下。对烟霞，泛酒斝，猖狂饮，放浪些，歌儿舞女，消尽清秋夜。做一回好好的先生也不恼着他。害着咱生涯，只如此过了罢。清暇，睡熟了邵平瓜。

四

见了些风雷叱咤，学一回痴聋喑哑。羊肠路险，波浪如天大。早休衙，勇退些，牢笼计，不是要，堂开绿野，恬淡清如画。似这等碧水清青山尽，教咱受用些繁华。五侯门，不去他，潇洒烂醉了罢。闲雅，凡事儿俱撇撒。

九、地僻新秋到 天空好月来
——活跃于清末的曹南诗社

清朝末年的曹州一带，活跃着一个文学社团——“曹南诗社”。该社成立于清宣统三年（1911 年），前后共有成员六十四人。其中四十八人为曹州府人士，另有五人分别来自山东武定府海丰县、济宁府金乡县、登州府文登县、泰安府东阿县和兖州府宁阳县，其余十一人分别来自曹州周边的河南商丘、滑县、考城、汜水、宁陵、兰阳、淇县和江苏的丰县。因为诗社的核心人物李经野和徐继孺居于曹县，诗社活动也多以曹县为中心。1918 年，诗社作品结为《曹南诗社唱和集》，并刻版印刷，流传于世，共有古近体诗一千六百九十六首。

由于曹南诗社的成员多为生于曹州、长于曹州的文人士子，所以他们所吟咏的多是鲁西南地方风物。他们或寄情田园，吟咏广阔乡土上的一草一木；或放眼时局，记录动荡年代里的一人一事；又或你唱我和，共抒颇具特色的风俗人情。在清末的风雨飘摇中，他们在继承着传统文化遗脉的同时，也为曹州后人留下了较为丰富的、饱含着心灵温度的乡土画卷。作为前清遗民，他们的诗作很多抒发了对旧时代的留恋。然而，曹南诗社的成员们并非两耳不闻窗外事，对于世事灾变，往往诗以记之。1912 年 5 月 24 日，曹县东关遭遇数百悍匪劫掠，有“村民智文周叔侄三人出救与战。义气所激，炮火不能伤，相持三时之久，贼死伤十余人。救兵不至，三人皆死之”的记载，当时诗社主要人物李经野便作《悲三士》[1]以记其事：

一族中有三壮士，三士杀贼一日死。
赳赳本皆百夫防，群盗突至何披猖。
材官劲卒不敢婴，唯有三士接短兵。
炮火环攻以肉薄，漫同六甲驱郭京。
日落力竭气不慑，壁上观者犹胡越。
君不见巡远南八救不至，遂成千古伤心事。

徐继孺当时便和了此诗：

北来群盗猛于虎，南亩愚氓孱似羊。
壮士犹能拼一死，幽魂谁与赎三良。
直凭义气销兵甲，漫道材官尽蹶张。
敢告群仇须努力，亟联众志固金汤。[2]

1917年，皖盗又攻曹县，在经历了生死劫难以后回到故里的李钝士，又写下了《曹县乱后归里》，表达了对太平生活的向往：

野目依依在，墟烟扬扬消。
到门童仆喜，入室幼孙娇。
生死真成梦，来归转若侨。

1．（清）李经野：《曹南诗社唱和集》卷二，1918年刻本，见《山东文献集成》第三辑第44册，第554页。
2．同上。

明　殷宏　孔雀牡丹图　美国克利夫兰艺术博物馆藏

太平何日见，安稳作渔樵。[3]

作为曹南诗社核心人物的徐继孺，则在这次皖盗北侵事件中遇难。当时上司命各县举办民团以清盗源、安地方。曹县知事曹倜因徐继孺德高望重，请他主持团务。1917年5月22日夜，安徽砀山毛思忠、毛思义率部数百人偷袭曹县，徐继孺闻变出户，遭伏击身亡。

徐继孺（1858年—1917年），字又稚，号悔斋，晚年自号苏门山人，山东曹县徐楼人。光绪十四年（1888年）中举人，十六年（1891年）中进士，授翰林院庶吉士、翰林院编修，曾任陕西副主考、河南省学政、潞安府知府等职。徐继孺知识渊博，潜心钻研学问，博览群书，执著笔耕，一生著作颇丰。他最有代表性的著作当数《曹南文献录》，历经十五年成书，计八十二卷，附录六卷，约百万言，汇集了曹州府十一州、县周代以来的文献，并附载了曹州府十一州、县的沿革、山水、古迹、著作、进士、碑铭等资料。该书共分列传、诗抄、文抄、附录四部分，可谓补史之遗、续史之无、匡史之谬，堪称曹州府文史大全，是研究鲁西南地方史的宝贵文献。

清　灵璧石绿漆描金凤戏牡丹纹特磬之南吕

3.（清）李经野辑：《曹南诗社唱和集》卷二，1918年刻本，见《山东文献集成》第三辑第44册，第708页。

第二编 菏泽牡丹

在唐代长安、北宋洛阳牡丹陆续繁华之后，明清时期牡丹培育和种植的中心开始转向黄淮地区，此时最有代表性的地方就是曹州和亳州。在这两个地方，牡丹栽培和种植方面的交流非常活跃，并形成不同的经营特色。比较而言，曹州人主要侧重牡丹栽培和商贸，亳州人则主要关注园林建设和品种培育。此时，两地都形成了很多牡丹园林，而且各擅胜场。

在曹州众多的私家园林中，赵氏花园的出现应该是比较早的。该花园位于今菏泽城东北曹州牡丹园内，其渊源肇始于明宣德年（1426 年—1435 年）、景泰（1450 年—1456 年）间。从时间上考论，曹州牡丹的栽培应该早于亳州。据薛凤翔《亳州牡丹史》载，赵氏牡丹盛于明天顺（1457 年—1464 年）、成化（1465 年—1487 年）年间，这比亳州牡丹早了不少年。薛氏在《亳州牡丹史》中说："德、靖间，余先大父西原、东郊二公最嗜此花，遍求他郡善本，移植亳中。亳有牡丹，自此始。"按照薛凤翔的这个说法，亳州牡丹种植始于正德（1506 年—1521 年）、嘉靖（1522 年—1566 年）年间，比上述时间还要晚。即使考虑到薛凤翔这种说法中可能有抬高自己先人的用意，然而在此之前，亳州也可能没有牡丹种植的标志性人物和园林，否则薛凤翔不可能视而不见。由此可知，在明代中期至清中期以前，牡丹培育和输出的中心转移到黄淮地区的时候，最早的牡丹种植中心还是曹州。

一、曹州王五云 牡丹作枥薪
——明代中期曹州牡丹的大面积种植与销售

曹州牡丹之所以不知渊源于何时何人，主要在于缺乏文献记载。但嘉靖、万历之后，牡丹培育、种植、销售信息渐繁，这在文人的记述中已经不阙其笔了。明中期德州临邑人邢侗，在一封信中谈到他对曹州牡丹的渴慕。邢侗为明万历二年（1574年）进士，官至湖广参议、太仆寺少卿，他雅好花赏，曾于自家园中种植芍药数亩，唯独以园中缺乏千叶楼台牡丹为憾，便写信托人搜求曹州牡丹。他在《与王士龙书》中云：

吾家园最饶芍药，动以数亩计，顾独乏牡丹，即寥寥数茎，浃岁不花。总花才单瓣，贫薄，无重楼富贵之态。且色目多中下，不称名王大国。而乡子庐儿，犹谓邢家花事葳蕤。正如尉佗王不识汉天子，致足羞耳。曹有王五云先生，家多异蓄，于牡丹尤富，闻爨下薪枥间，刍杂进不问，而济南生保一花半叶如琼枝。知王先生当无吝分饷之也，敬托周使为绍，乞得数十孤根，散洛阳芳姿于乡里同志，大是快事。异时，曲阑小树，杯酒淋漓，用余沥醉花神，敢不愿先生万年万年！[1]

信中提到的王五云，名为王士龙，与著名书画家邢侗同为万历时人。王士龙为元末福建左丞王茂后裔，居水涸村。曾祖为王崇智，入乡贤祠。祖为王衮，即降蟒义士，捐资重建学宫者。父为王元登，曾捐地六十亩为学田。王士龙官至商州知州，家资丰厚，归居曹州后，在曹县建桃花舍，悠游乡里。万历间人曹县徐笃、段黼和钱达道有《题王五云桃花舍》《桃花舍歌为王五云》等诗，描写了王五云的为人格调与雅居。

题王五云桃花舍

段黼

为爱王郎丰格殊，桃花深处结茅庐。
春风几度芳林外，吹落床头数卷书。[2]

其实，王五云的桃花舍不只种满桃树，而且还开满牡丹。王氏有牡丹园五十亩，种植牡丹数百种，是当时曹州牡丹培育、种植大户。邢侗信中说王五云家里的牡丹极为富有，以至于在灶间与烧柴并用，家畜与家禽胡乱啃食牡丹也无人管束。想象自己若能将王五云家里的牡丹移栽过来，“曲阑小树，杯酒淋漓”，自是人生一大快意之事。因此，他才委托周姓朋友求取王五云家的牡丹。

明中期著名博物学家谢肇淛，在其所著《五杂俎》中也记载：“在曹南一诸生家观牡丹，园可五十余亩，花遍其中，亭榭之外，几无尺寸隙地，一望云锦，五色夺目。”谢氏在这里所说的“曹南一诸生家”，经考证亦即上面所提到的王五云家。谢肇淛在万历朝任工部郎中，负责巡视河工并治理黄河水患，曾长时间生活在黄河

1. （清）朱琦修，蓝庚生纂，郭道生增修:《物产志·花卉·牡丹》，《兖州府曹县志》卷四，清康熙五十五年（1716年）刻本。
2. （明）段黼：《题王五云桃花舍》，见（清）徐继孺纂《曹南文献录》卷三十七，诗抄七，1917年刻本，第16页。

岸边的曹、濮二州[3]，他说自己当年在东郡（今菏泽市鄄城县）巡视河工时，常以能看到曹南牡丹为平生乐事。在《五杂俎》中，他这样写曹、濮一带人们广种牡丹的情形："余过濮州（鄄城）、曹南一路，百里之中，香风逆鼻，盖家家圃畦中俱植之，若蔬菜然。"

谢肇淛的记载，说明至迟在明朝中期，曹、濮一带人已经大规模种牡丹以牟利的情形。可以想见，把牡丹种成蔬菜，明万历年间曹州牡丹应该有多大面积了。

明朝时曹州归属兖州府，万历《兖州府志》也佐证了曹州人爱种牡丹的事实。府志云："（曹州）唯士人好种花树牡丹、芍药之属，以数十百种。"这里记载了曹州人种植牡丹、芍药的品种规模。清康熙《兖州府曹县志》中记载得较为详尽，并且通过该志的记述，让我们真切地感受到，至迟到清朝初年，天下牡丹盛事悉归曹州的事实：

尝考洛阳《牡丹谱》及欧阳文正公《牡丹谱》，不逮《亳州谱》远矣。彼时已有六七百种，分五色，排次序。至于今，亳州寂寥，而盛事悉归曹州。县距州仅百里，当昔盛时，而姻亲往还，童仆连络，故佳艳时，获怡赏，亦重价多相购置。

以上朱琦所撰《兖州府曹县志》中说，他曾经认真考证过欧阳修的《洛阳牡丹谱》以及其他洛阳《牡丹谱》，它们都没有薛凤翔的《亳州牡丹史》记录得详尽。亳州牡丹盛时，已经有六七百种牡丹（按：欧阳修《洛阳牡丹谱》记牡丹二十四种，薛凤翔《亳州牡丹史》之《表》部分记牡丹六品二百七十一种，未见如此之多），康熙年间，亳州牡丹花事渐渐消歇，而曹州牡丹日益闻名天下。

《兖州府曹县志》的记载，说明了两个问题：一是明中期以来的亳州、曹州等地牡丹并盛的情形，到清朝康熙年间已经由曹州牡丹独盛所代替；二是其时曹州人不只大量种植牡丹，而且还大量输出牡丹，成为名副其实的牡丹传播中心，这也是

3. 明代曹州所辖不过济阴、定陶和楚丘三县，州治也经历了乘氏—安陵镇—盘石镇—乘氏—番轮回。清朝初年，曹州仍袭明制，辖曹县、定陶二县，至雍正二年（1724年），清朝升曹州为曹州府，附郭菏泽，辖菏泽（今牡丹区）、定陶、单县、曹县、巨野、范县、城武、郓城、观城、朝城10县及濮州（州治山东鄄城县旧城镇）1个散州。

时人所谓“曹州牡丹甲于海内”的事实依据。

这些人虽然没有记载曹州人为什么会想到以种植牡丹为生计，也没有记载曹州牡丹从何而来，但字里行间对曹州牡丹种植的普及和培育的用心，还是有全面的反映。曹州人种植牡丹的事情，也使得地方官员引以为傲，并经常夸示于人。明万历曹州兖西道佥事胡廷宴就在他的《兖西道公署园亭记》中说：“曹故饶于牡丹……诸亲友觅曹南土物，吾即夸牡丹之繁，园亭之盛。”这篇记文写出五百年前曹州牡丹之盛，也说明在当时，牡丹就已经成为曹州的名片了。明末清初曾经担任过巡抚职务的曹县文人李悦心有这样一首小诗：

购牡丹

李悦心

生憎南亩课桑麻，深坐花亭细较花。

闻道牡丹新种出，万钱索买小红芽。

诗中说，有的读书人不喜欢种桑课麻，于是独坐在花亭里研究牡丹，听说有人培育出了新的品种，便花费万钱买来幼苗栽植。这说明，不唯花农对于新品的培育十分尽心，连读书人也充满热情地参与进来，曹州人对牡丹新品的喜爱由此可见。

牡丹　菏泽电视台供图

二、日映疏疏影 风传冉冉香
——明代兵部尚书苏祐的牡丹情结

根据文献记载，牡丹进入私第，当从唐代开元、天宝年间算起。段成式《酉阳杂俎》记载，开元末年，郎官裴士淹奉使幽冀，在汾州众香寺得白牡丹一棵，植于长安自家园中，成为天宝年间长安城里的一大景观。唐《开元花木记》也称杨国忠家植牡丹超过皇家，然而杨国忠得到唐玄宗宠幸，并在家中修建四香阁种植牡丹其实是在天宝之后。开元、天宝以来，屡见中唐诗人写到私家园林中的牡丹，如刘禹锡《浑侍中宅牡丹》《唐郎中宅与诸公饮酒看牡丹》及白居易《微之宅残牡丹》等。明朝曹州私家牡丹园林始建于何时，虽然还不能确定具体时间，但文献中记载的赵氏花园（位于今菏泽城东北曹州牡丹园内），其渊源肇始于明宣德（1426 年—1435 年）、景泰（1450 年—1457 年）年间，此时为在明中叶之前。而何家所有的凝香园建园更早，据说初建于宋代，后归元代袁氏，谓之正春园，明万历间为何氏所购买，更名为凝香园。在此前后，私家牡丹园林如雨后春笋，层出不穷。

明中期的兵部尚书苏祐为濮州（今菏泽市鄄城县旧城镇）人，夫人陈氏为鄄城康丰里（今鄄城什集镇）人。苏祐正德八年（1513 年）中山东乡试举人，嘉靖五年（1526 年）考中进士。曾为吴县令，嘉靖十二年（1533 年）奉诏巡按宣大，后又任

清　青玉镂雕牡丹圆盒　台北故宫博物院藏

宣大总督，升兵部尚书。因早年痛劾严嵩，遭到严嵩报复，嘉靖四十二年（1563 年），他被削职为民，归故里隐居。苏祐故里濮州，当时与曹州为邻，清朝雍正年间，则已成为清朝曹州府所辖之散州。

苏祐为文武全才，著述颇丰，一生著有《孙子集解》《三关纪要》《法家剖集》《云中纪要》等书。为官三十年余，各阶段他都有诗、文合订本刊刻行世，计有《三巡集》《江西集》《畿内集》《山西集》《塞下集》等。其著作涉及军事、哲学、文学等很多方面。后人将其诗文集为《穀原文草》，刊刻印刷。

苏祐一生喜爱牡丹，在他的笔下，牡丹是阖家团圆的象征，也是功名富贵的标志。苏祐在故乡置有南园，园中栽种牡丹。他在《南宅内牡丹》中写道：

南宅内牡丹

苏祐

载启花朝宴，中楼锦瑟张。

高才非李白，异品有姚黄。

日映疏疏影，风传冉冉香。
言承环膝喜，春在含孙堂。

诗中说，又到花朝节了，家宴开启，琴声盈耳。我虽然没有李白那样描写牡丹的高才，可我家里面有牡丹异品姚黄，我怎么能够不写诗呢。此时日影照在牡丹之上，微风送来一阵阵香气。儿孙围绕在身旁，含孙堂里春意融融。这就是传统士人齐家的图景，也是中国人向往的阖家团圆的生活。在这里，牡丹不只是诗人喜悦心情的点缀和衬托，它也有多子多福之意蕴象征。

苏祐虽然罢职家居，然心思仍在朝廷，甚至有时病中看到牡丹，在感叹其“娟娟无赖”“袅袅依人”的同时，仍希望进贡朝廷，让它们在玉栏之畔绽放，其中意味不言自明：

病中牡丹盛开感怀有作

苏祐

春深抱病帘垂地，庭下花开独黯然。
正怯春寒怜丽质，况经长日度流年。
娟娟倚槛浑无赖，袅袅依人殊可怜。
拟荐金盘充贡入，东风摇曳玉栏边。[1]

苏祐这种报效朝廷的观念根深蒂固，从他早年的牡丹诗中便可见端倪。苏祐从弟家中，也种有牡丹。嘉靖初年，苏祐因丁母忧，从吴县任上回到故里。目睹故乡的池塘芳草、皎洁月色，此时的苏祐充满着对前途的无限憧憬，他表白说，自己并不想做东篱种菊的陶潜、曲高和寡的屈原，只想着像牡丹那样依春作主，开放在华堂之上：

1.（明）苏祐：《穀原诗集》卷四，明嘉靖三十七年（1558年）龚秉德刻本。

从弟宅内牡丹

苏祐

去年花下姑苏客，今日尊前季弟拼。
芳草池塘非昨梦，故园月色好同看。
东篱漫想陶潜菊，南国虚传屈子兰。
但使常依春作主，终将持献玉为盘。[2]

在以后巡抚大同边事来到上谷的时候，苏祐已是一方镇帅，看到边地高台之上，牡丹傲寒开放，苏祐倍觉亲切自豪，并表达了对牡丹“一尊独赏高台上，何谢栏杆曲曲围”的无比欣赏：

谷台中牡丹

苏祐

春到花枝开不稀，姚黄魏紫尽芳菲。
清华拟贮黄金屋，弱丽愁胜翠羽衣。
浥露偏怜颦处好，行云应笑梦中非。
一尊独赏高台上，何谢栏杆曲曲围。[3]

2.（明）苏祐：《縠原诗集》卷四，明嘉靖三十七年（1558年）龚秉德刻本。
3. 同上。

三、新名添旧谱 旧种变新芽
——何应瑞父子与曹州凝香园

曹州城东十里有一私家牡丹园林，名字叫作“凝香园”。这是一座古代园林，据说建园的历史可以追溯至隋唐，也有人说此园正式建于宋代，名叫“东皋园”，当时是曹州第一游览名胜。元朝时蒙古族袁姓占据此园,取名“正春园”。后来袁家败落，明朝万历年间，何家五世祖、御史何尔健购置下这个花园，后人开始称其为“何家花园”，何尔健遂成为何家花园第一任主人。

何尔健于明万历十年（1582 年），考中山东乡试举人，万历十七年（1589 年）己丑科考中进士，初任河南鄢陵县令。五年后奉诏入京，任监察御史。此间，何尔健在自己的故里曹州买下了元时袁姓家族的私家园林正春园，将其重建为现在的何家花园。据清朝乾隆年间《曹州府志》记载，何尔健一生居官刚正不阿，官至大理寺丞，有“铁面御史”的美名。万历三十八年（1610 年），何尔健病逝于京城，后葬在了故乡何家花园。就在这一年，何尔健的儿子何应瑞考中万历三十八年庚戌科进士，先任户部主事，后外任常州知府、河南参政，回朝之后，何应瑞又任左副都御史、工部左侍郎、尚书等职。崇祯十七年（1644 年），崇祯皇帝吊死煤山，何应瑞在家也绝食七日而死（一说何应瑞在此两年后绝食而死），死后葬于何家花园。

何应瑞之后，何家又走出过清康熙七年（1668 年）进士、何应瑞的儿子何觐，至此，何家花园祖孙三代主人都是进士出身。民国时期，何氏又走出过著名的政治家、教育家何思源以及他的女儿，第九届、十届全国人民代表大会常务委员会副委员长何鲁丽。何家花园入口处有一块石碑，上面刻写着“凝香园”三字，就是何鲁丽于 1996 年题写的。

何家花园的正式名称为凝香园，这个名字也是御史何尔健在购买袁家花园后所取。曾经的凝香园面积达二百多亩，现在保留下来的凝香园有四十余亩，主要包括牡丹园、何氏宗祠和何氏墓园三部分。昔日的凝香园以善于培育牡丹新品而著名，该园所育之“何园白”“何园红”，早在明末已誉满曹州、亳州、洛阳等地。长期游宦在外的何应瑞，常常想念故园的景色：“燕关忽著犹龙色，沧海谁高结蜃楼。去后相思何处是，一畦棠荫月如钩。”崇祯年间，何应瑞宦游归里，何园内依旧繁花似锦，香溢四野，刚刚培育出来的新品牡丹，更是惹人怜爱，何应瑞便写了一首《牡丹》诗，表达心中的喜悦：

牡丹

何应瑞

廿年梦想故园花，今到开时始到家。
几许新名添旧谱，因多旧种变新芽。
摇风百态娇无定，坠露丛芳影乱斜。
为语东皇留醉客，好教晴日护丹霞。

诗歌大意是：二十年来，一直梦想再看看故园里的牡丹，这个愿望如今真的实现了。令人高兴的是，我正好赶在牡丹开花的时节回来。园子里又培育出来了新的品种，原来的品种经过嫁接也开出了新花。这些娇艳的牡丹在春风中摇曳，在朝露中隐藏，真是让人喜爱。赶快告诉老天吧，让它多给我几个晴朗的天气，好让前来赏花的贵客花前一醉。

何应瑞的儿子也有一首描写何园牡丹的诗，看到园子里“异名添旧谱”“奇艳

何园红

出新丛”的景象，表达了同其父一样的高兴心情：

咏牡丹

何觐

纷纷姚魏斗春风，秀幄荆扉富贵同。
无限异名添旧谱，因多奇艳出新丛。
淡妆恰共归云碧，浓抹还随旭日红。
欲报花神新句得，清平逸调至今工。[1]

1.（清）徐继孺纂：《曹南文献录》卷四十一。

四、茅舍护竹篱 凭君赠烟霞
——清代大学士冯溥、陈廷敬与曹州牡丹

清康熙初年，曹州牡丹的名气达到鼎盛，一时间，天下搜求牡丹者都把目光投向这里。当时著名的文坛领袖王士禛在他的《池北偶谈》中说："今（牡丹）河南惟许州，山东惟曹州最盛，洛阳、青州绝不闻矣。"又说："曹州牡丹，品类甚多，先祭酒府君（王士禛父）尝往购，得黄、白、绿数种。长山李氏独得墨牡丹一丛，云：曹州止诸生某氏有之，亦不多得也。"由于曹州牡丹日益知名天下，一些文人雅士也越来越关注曹州牡丹。于是，有的曹州人以牡丹作为风雅礼物馈赠亲友，而一些朝中官宦和外地文士也以得到曹州牡丹为荣。向曹州人索要牡丹这样的事情，在明朝中期就已发生，到清初此类事则更加普遍。

冯溥（1609 年—1691 年），字孔博，号易斋，益都（今属山东青州）人。清顺治三年（1646 年）进士，初授编修，后擢吏部侍郎。康熙年间为刑部尚书，拜文华殿大学士。冯溥是清初重臣，还是顺治入关后第一榜进士，因此在当时有很高的声望。冯氏七十三岁以原官致仕，加太子太傅，返归故里。著有《佳山堂诗集》《山堂词稿》等。冯溥闻听曹州牡丹天下有名，曾向曹州刘兴甫索要。刘兴甫不辞劳苦，封裹后亲自奔波千里送到京城，冯溥作《喜曹州刘兴甫送花》记载了这件事情：

喜曹州刘兴甫送花

冯溥

君家近洛阳，名花实繁夥。

我乞数株栽，君云无不可。

不惮人力劳，千里亲封裹。

策蹇君自来，惠我数百棵。

天竹珊瑚珠，黄梅异凡朵。

花王领群芳，种植分右左。

吾园本硗瘠，移换同蜾蠃。

远取土之宜，审视务其妥。

兼教灌溉法，阴阳殊水火。

满溪色各别，畅遂如证果。

因悟花性情，凡卉有真我。

菀枯问所适，疆界讵能锁。

九畹兰可滋，奚必湘之沱。

明年花发时，酌酒众香祼。[1]

冯溥诗中说，您家与古都洛阳很近，有着数不尽的牡丹名品。能不能向您求取几棵，栽在我的园子里呢？没想到您不只答应给我牡丹，还仔细封裹，千里迢迢亲自送来。挂满珊瑚珠的南天竹，还有黄颜色的梅花，怎么能跟称作“花王”的牡丹相比呢。我移来新土，把牡丹种植在园中小径的左右，这样就可以来回观赏了。您还亲自教会我牡丹的灌溉之法，告诉我牡丹生长的阴阳之理。我也可以通过格物，悟出花之性情，看到花中真我了。待到明年牡丹花开，我一定向这些花中君子酹酒致意。

陈廷敬（1638年—1712年），字子端，号说岩、午亭，山西泽州（今山西晋城）

1.（清）冯溥：《佳山堂诗二集》卷一，清康熙刻本，见《清代诗文集汇编》第29册，上海古籍出版社，2010年，第666—667页。

冬牡丹　王超英摄

人，清代著名大臣、诗人。康熙十五年（1676 年），擢内阁学士、经筵讲官、礼部侍郎，历任左都御史、工部和户部尚书，康熙四十二年（1703 年），拜文渊阁大学士、吏部尚书，担任《康熙字典》总修官。陈廷敬与冯溥相比，虽是晚辈，但曾与冯溥同朝为官。当作为曹州佐吏的老部下向云泽亲自送来曹州牡丹的时候，他也是喜不自胜，写诗作答：

向云泽自曹州以牡丹见遗赋答

陈廷敬

春风料峭几枝斜，浓艳依然带露华。
牧佐旧为芸阁吏，曹州今有洛阳花。
写生银管曾修史，入席天香抵坐衙。
茅舍竹篱还称否，凭君相赠到烟霞。[2]

2. （清）陈廷敬：《午亭文编》卷二十，据《文渊阁四库全书》电子版，集部，别集类，上海人民出版社，1999年。

康熙年间的另一位大臣汤右曾也曾求得曹州牡丹，很高兴地作诗记其事：

咏斋中草木五十二首同雪子作，其十七，牡丹

汤右曾

种自曹州寄，名仍洛下来。
东风相欺得，芍药出丰台。[3]

可见，由于文人对曹州的推崇，牡丹在清初已经成为师友相馈的重要礼物，甚至有人以不能得到为憾。康熙年间浙江吴兴人吴景旭就遇到过这样一件令他遗憾的事情。好友臧受澄住在曹州，为他寻得十种牡丹名品，但由于归期无望，不能及时带来，让他望眼欲穿：

磊亭牡丹盛开·其六

吴景旭

偶阅前贤谱籍中，最称曹县状元红。
杏坛近得春为主，梓里遥将富此翁。
迢递莺花虽阻绝，依稀鹿韭尚成丛。
如今白舫无多路，早晚迟君颂酒功。[4]

他在诗的后面解释说：“岁庚申，臧受澄客曹南，觅十本将见遗，惜归期逗留不及携来。”

3.（清）汤右曾：《怀清堂集》卷十九，据《文渊阁四库全书》电子版，集部，别集类，上海人民出版社。

4.（清）吴景旭：《南山堂续订诗》卷四，清康熙刻本，见《清代诗文集汇编》第38册，第133—134页。

五、十郡最此都 奇观洛阳无
——清代三任山东学政与曹州牡丹

乾隆年间，有三位著名文人先后担任过山东学政，他们是李中简、钱载和翁方纲。三人在任期间，都与曹州牡丹结下了不解之缘，他们对曹州牡丹扬名天下有推波助澜之功。

李中简（1721年—1781年），河北任丘人，是享誉乾隆朝的著名诗人，其诗歌造诣精深，在当时的诗坛上独领风骚。乾隆朝的词曲学家董元度曾如此评价他的诗：“汇群言之精液，唱大雅之宗风。陶铸三唐，超轶两宋，根诸至性，蔚为高华。钱、沈凋谢，主持一代诗坛，非公奚属。”李中简还是一位重要的教育家，终其一生，凡一充总裁，三充主考，五充乡、会试分校官，两任提督学政，先后为国家培育、选拔了大批人才。李中简担任过山东主考和山东学政，早年任职时曾经看到过曹州牡丹，并留下诗作：

曹郡牡丹知名久矣，余来以闰三月，正值花时，赋诗志慰

李中简

胜游著处系征鞍，香国来寻币月欢。

长路雨风偏错综，故家池馆莫摧残。
锦帷春晚归余好，金带名高见似难。
可得应图红一捻，鬓丝相对卷帘看。[1]

乾隆三十八年（1773年），即担任山东学政的第二年，李中简来曹州考试生徒，又见到了朝思暮想的牡丹花，遂又赋诗四首，称曹州牡丹“十郡年芳最此都，奇观真逼洛阳无”；并在其四中回忆了自己当年在京师侍直南苑时，也曾作牡丹诗四首，深感此生与牡丹的不解情缘：

后牡丹四首 癸巳曹州试院作

李中简

一

十郡年芳最此都，奇观真逼洛阳无。
为吟栗里园情句，乘访徐卿没骨图。
云幄深深迷凤子，锦屏冉冉上狸奴。
湘云一片笼春色，不羡仙人白玉壶。

二

始可言花不问名，酸寒无句赠倾城。
三千世界亭亭出，十二栏杆面面迎。
折柬经时金谷晚，染衣永夜玉堂清。
风前舞态妨群珮，忍遣身如燕子轻。

三

不应无语蓦愁人，如梦仙云隔绛津。

1．（清）李中简：《嘉树山房诗集》卷十五，清嘉庆六年（1801年）嘉树山房刻本，见《清代诗文集汇编》第348册，第601页。

曹州牡丹园秋牡丹　王超英摄

曹州牡丹园秋牡丹　王超英摄

华屋亭台仍大姓，琐窗风月但前身。
两行银烛阑珊影，万杵元霜料峭春。
回首天涯惊绝代，海山独立迥伤神。
（余向在滇中，永昌牡丹最盛）

四

惜春百感剧纷拏，病眼于今渐不遮。
白发开樽便即事，黄金买笑漫为家。
名园地古留鸿迹，香草编长得岁华。
寄语旧游崇敬侣，三生缘证一丛花。
（丁亥侍直南苑，寓德寿寺赋牡丹四首）[2]

当然，也有人因为为官山东或者经行曹州而没有赶上花期感到遗憾。浙江嘉兴人钱载就是其中之一。钱载（1708 年—1793 年），字坤一，号箨石，又号瓠尊，晚

2. （清）李中简：《嘉树山房诗集》卷十五，清嘉庆六年（1801年）嘉树山房刻本，见《清代诗文集汇编》第348册，第601页。

号万松居士、百幅老人，秀水（今浙江嘉兴）人。清朝官吏、诗人、书画家。钱载为乾隆十七年（1752 年）进士，改庶吉士，散馆授编修，后授内阁学士兼礼部侍郎，上书房行走，《四库全书》总纂。乾隆四十五年（1780 年），钱载祭告陕西、四川岳渎及历代帝王陵归来后，因尧陵遗址之争，被乾隆严斥，以原品休致。晚年家道清贫，以卖画为生。

钱载曾于乾隆四十一年（1776 年）担任山东学政，当时造访曹州，来时已是绿树城深、子规啼叫的初夏，牡丹花期已过。他只好赋诗感叹：

至曹州牡丹已过

钱载

屡与花期屡后期，花天况复妒风姨。
苍苔小院飞蝴蝶，绿树深城叫子规。
酒散独依斜月坐，春秾犹属老年思。
村村姚魏家家诧，郑重何人折几枝。[3]

翁方纲（1733 年—1818 年），字正三，一字忠叙，号覃溪，晚号苏斋，顺天大兴（今北京大兴区）人。翁方纲为乾隆十七年进士，曾授编修，历督广东、江西、山东三省学政，官至内阁学士。此外，他还是清代书法家、文学家、金石学家。翁方纲是清代“肌理说”诗派的倡导者，是与王士禛和沈德潜齐名的大诗人。翁方纲乾隆五十七年（1792 年）担任山东学政，这年二月，他来曹州府院试督考，嘱咐他的弟子——时任曹州重华书院讲席的余鹏年为曹州牡丹作谱，余鹏年不负学师重托，带生徒们亲临牡丹乡调查访问，撰成《曹州牡丹谱》，次年该谱正式问世，成为康熙年间苏毓眉《曹南牡丹谱》之后的一部比较完整记载曹州牡丹的重要花谱。此谱编成以后，加上计楠《牡丹谱》和赵孟俭《桑篱园牡丹谱》、赵世学《新增桑篱园牡丹谱》、晁国干《绮园牡丹谱》等，奠定了曹州牡丹在这一时期的重要地位。

3.（清）钱载：《萚石斋诗集》卷三十九，清乾隆刻本，见《清代诗文集汇编》第314册，第211页。

谱成之后，翁方纲亲书《题曹州牡丹谱三首》：

题曹州牡丹谱三首

翁方纲

玉堪如结黍苗阴，
壤物深关树艺心。
何事思公楼下客，
花评不向土圭寻。

细楷凭谁续洛阳，
影园空自写姚黄。
挑灯为尔添诗话，
西蜀陈州陆与张，

我来偏不值花时，
省却衔斋补谢诗。
乞得东州栽接法，
根深培护到繁枝。

翁方纲在诗中赞扬了余鹏年撰著《曹州牡丹谱》的意义，认为这比当时轰动天下的事件“影园姚黄牡丹诗大赛”还重要，他认为余鹏年的功劳可以比得上给天彭（今四川彭县）牡丹作谱的陆游、给陈州牡丹作记的张邦基。

六、一见曹南花 不数洛阳红
——王曰高与曹州牡丹

王曰高（1626 年—1678 年），号北山，山东茌平县人。顺治十五年（1658 年）进士，入翰林院，曾为康熙皇帝的启蒙老师，后官至礼部掌印给事中。王曰高喜欢牡丹，在清代的官员和士子中，他是留下曹州牡丹诗最多的一位。王曰高一生之中应该有三次机会来到曹州观赏牡丹：第一次是考中进士之前，清代茌平属于和曹州紧邻的东昌府，王曰高三十三岁考中进士，所以此前有时间来到曹州；第二次是康熙二年（1663 年）到江南做乡试主考来回路过曹州；第三次是任朝官之后来曹州公干。在这三次机会中，最有可能的是考中进士之前。因为去往江南主持乡试一般要走运河，而运河则经过兖州府济宁州（散州），并不经过曹州，况且乡试的时间是每年的八月，即便是提前去往江南，还是考试完延迟返京，时间都不合适。而在后来王曰高任职朝官的时候，也没有见来曹州公干的记载。

王曰高曾作过很多首曹州牡丹诗，尤其是他的《曹南牡丹四首》其三，说明了曹州牡丹在清初的盛况，道出了千百年来牡丹兴衰变化的事实。王曰高的诗中说，洛阳的牡丹自古以来就独擅芳名，尤其是姚黄、魏紫。可是，如今看到曹州新培育出的无数名花，洛阳的牡丹就再也不值一提了。王曰高的牡丹诗共有十八首，其中最为特别的是，他竟然用诗歌的形式为曹州牡丹作谱。这些用诗写就的牡丹花谱，咏赞了红色、浅红、绛红、白色、粉色、浅粉、淡粉等诸色牡丹十品：

曹南牡丹谱

王曰高

花王　深红色

艳姿真足冠群芳，三粲同妍斗丽妆。

自是天工夸国色，香名端不愧花王。

独占先春　红色

占得春风第一名，何人不唱丽人行。

娇羞欲破难留艳，故把柔香傍砌生。

清　牡丹松莳绘方盒　台北故宫博物院藏

一簇锦　浅红色

为怜锦绣特先开，仙子霓裳缓步来。
纵有海棠满日醉，谁能貌得绘天才。

瀛洲萃锦　绛红色

谪仙何日步瀛洲，分得天香第一筹。
白玉堂中曾晤面，杏园花史特风流。

天香湛露　白色

冰肌玉骨自仙仙，一片瑶华色愈妍。
待得更深香气足，和烟笼月沐婵娟。

锦帐芙蓉　淡粉色

国色天姿迥不同，秾华艳冶任天工。
相逢却向瑶台觅，绣被香寒午夜中。

铜雀春　绛红

二乔已擅吴宫艳，何事东南别有春。
笑杀百花争斗色，芳邻应念阮家贫。

飞燕新妆　浅粉色

国色羞同闺秀名，昭阳殿里都轻盈。
日华偏照晨光艳，独立汉宫太憨生。

蜀江锦　浅红

濯锦江边春满溪，美人镇日倚亭西。
不知年少缘何事，挥尽涛笺醉欲迷。

清　胤禛行乐图轴（局部）　故宫博物院藏

五瑞玉　粉色

嘉名锡自天章阁，玉质遥从画里传。

芳洁不同凡品艳，瑶台月下影娟娟。[1]

曹南牡丹四首

王曰高

一

自古名花说牡丹，开时车马动长安。

而今冷落花王甚，千里寻芳一道寒。

二

牡丹时节好风光，谷雨遨头花事忙。

万紫千红争献媚，栏边光识御衣黄。

三

洛阳自昔擅芳丛，姚魏天香冠六宫。

一见曹南三百种，从今不数洛花红。

四

偶从庭下见红芳，勾引春风千里装。

遮莫旁人传作笑，一生偏是为花狂。[2]

1.（清）王曰高：《槐轩集》卷四，清雍正五年（1727年）王念祖刻本，见《清代诗文集汇编》第105册，第516—517页。

2. 同上，第516页。

咏牡丹

王曰高

其一

恋恋花间薄暮回，好花端为赏心开。
沉香亭畔凝妆久，百宝栏边舞佩来。
胜地重开锦步幛，多情欲筑避风台。
玉堂亟索金笺稿，谁拟清平供奉才。

其二

花王自是冠群芳，袅袅春风面面香。
飞燕轻身疑掌上，玉妃艳冶舞霓裳。
清平乐府传新调，富贵春葩独擅场。
莫怪情痴狂若醉，马蹄终日为花忙。[3]

牡丹

王曰高

一

不是爱花偏有癖，只缘娇艳或难亲。
名花倾国浑闲事，醉倒花前可许人。

二

娇容艳冶洎天工，一出群芳果不同。
若使连宵当对卧，肯教容易别春风。[4]

3. （清）王曰高：《槐轩集》卷四，清雍正五年（1727年）王念祖刻本，见《清代诗文集汇编》第105册，第502页。
4. 同上，第513页。

七、十日忘昏晓 足偿一年情
——清代天下名士与曹州牡丹

明清以来，曹州牡丹日渐赢得时名，并奠定了曹州此后几百年牡丹培育和销售中心的地位。在这个过程中，孜孜于牡丹培植而不辞劳苦的花农当然是主角，他们栉风沐雨，团屋而居，为培植牡丹名品殚精竭虑。然而，促成天下士庶为曹州牡丹而魂牵梦萦的还有一个重要群体，他们就是明清两代喜爱牡丹的文人。正如唐代长安牡丹招致六陌街衢车马涌动、洛阳牡丹吸引天下文人驻足一样，曹州牡丹名扬天下也离不开天下文士的吟咏歌唱。

顾嗣立（1665 年—1722 年），字侠君，号闾丘，江苏长洲人。顾氏性豪于饮，有酒帝之称。康熙三十五年（1696 年）赴北京参加会试，他住在宣武门外西上斜街。这里正毗邻京城花市下斜街，小屋周围，花木“萧疏可爱”，顾嗣立倍加怀念自己在家乡所修建的“秀野草堂”，就把自己住的地方命名为“小秀野草堂”。顾嗣立广为结纳当时云集京师的海内名士，诗酒相和，半年之中“文酒留连无虚日”。顾氏博学有才名，曾预修《佩文韵府》，编选过《元诗选》，尤工诗，著有《秀野集》《闾丘集》。

顾嗣立的诗《曹县》细说了牡丹种植历史的变迁，以及自己与牡丹的渊源：

曹县

顾嗣立

牡丹数洛阳，花谱佳名富。

迩来地气迁，曹南为独秀。

鄢陵亦花县，亳城舟车凑。

移根走吴越，射利俗何陋。

景山自苍然，河水甘可漱。

风土饶名葩，好事盛园囿。

国色集倾城，家家错锦绣。

新妆倚雕栏，飘香袭衣袖。

瞢腾谷雨天，日日中醇酎。

前季从北回，黄菊秋风后。

今岁自南来，荷香弄长昼。

两度失花期，饥肠夜空吼。

江湖白发生，良辰愿莫酬。

聊移百本归，泥封色如旧。

衔杯坐草堂，新诗供刻镂。[1]

顾嗣立诗中说明了随着时代的变迁，牡丹种植的中心已经由洛阳转来曹州："牡丹数洛阳，花谱佳名富。迩来地气迁，曹南为独秀。"作为一个文士，他并不懂得人们莳花以求生路的不易，反而嘲笑人们种花牟利的俗陋。但他喜欢牡丹的倾城国色、新妆倚栏，更为自己进京途中两误花期感到遗憾，于是他只好移取百本，种在自家园中。顾嗣立还有一首写荷包牡丹的诗，说出了它不同于一般牡丹的稀奇：

1．（清）顾嗣立：《秀野草堂诗集》卷六十一，清道光二十八年（1848年）顾元凯浔州郡署刻本，见《清代诗文集汇编》第214册，第396页。

清　碧玉牡丹花小盒　台北故宫博物院藏

荷包牡丹

顾嗣立

药草芊绵一串寒，锦苞颗颗露泱泱。

洛阳花品无人识，却把文无作牡丹。[2]

陈万策（1667 年—1734 年），字对初，号谦季，福建晋江人。康熙五十七年（1718 年）进士，官至侍讲学士。著有《近道斋文集》《近道斋诗集》《馆阁丝纶》。陈万策独赏曹州绿牡丹，曾作《绿牡丹五首》：

绿牡丹五首

陈万策

其一

洛都红紫竞芳芬，一种曹州迥出群。

翠幕围来轻映日，绿萝深处蔼生云。

花藏叶底遥难认，瓣在跗中近不分。

若傍兰闺含晓露，好将眉黛与文君。

2.（清）顾嗣立：《秀野草堂诗集》卷四十一，清道光二十八年（1848年）顾元凯浔州郡署刻本，见《清代诗文集汇编》第214册，第275页。

牡丹　王超英摄

其二

倾国名花别样妆，轻蝉绿鬓斗荣光。
踏莎行去才留影，映竹窥时但有香。
左氏何年分紫绶，姚家今日赋黄裳。
谁传鹿韭葱茏色，占断深春锦绣场。

其三

叠罗新本艳如烟，楼阁分明晕点圆。
影入渌池浑不见，栖来翠羽郁相鲜。
却胜汴郡青飞蝶，休数河阳绿睡蝉。
架上荼蘼栏外柳，浓阴一色养花天。

冬牡丹　王超英摄

其四

绿暗丛中望有无，芳传曹国擅名孤。
风摇翡翠双飞翼，露浥蜻蛉午日珠。
紫陌红妆知莫并，青霓白舞也应殊。
花时若值张祠部，座上新添贵客图。

其五

百两金开尚及春，峰岚朝拥楚台神。
洗残脂粉香偏酷，点著娥眉色更新。
亭畔杨妃争解语，窗间谢女想宜颦。
何当采采堪盈掬，月幌风帘赏浃辰。[3]

3.（清）陈万策：《近道斋集》卷一，清乾隆八年（1743年）刻本，见《清代诗文集汇编》第220册，第28页。

刘大绅（1747 年—1828 年），字寄庵，祖籍江西临川，其曾祖由临川落籍在云南华宁，故其生于云南省华宁县。刘大绅是一位学识渊博的学者，他是那个时代的名宦，更是一代名师。滇中一些学者、文化名流，很多人都出自他的门下。刘大绅对于牡丹的历史以及曹州牡丹的兴衰，在他的《牡丹行》中有真切的描述：

牡丹行

刘大绅

洛阳花事既消歇，天彭亦号小西京。
当时中原已沦没，南人未到曹南城。
人间尤物不可见，姚黄魏紫空闻名。
状元得称第一种，玉楼禁苑齐争荣。
天香一品及三变，恨不欧阳同日生。
佛头之青更奇绝，春花百种谁抗衡。
造物功能亦已竭，天吴纵观心不平。
下土蝼蚁岂足数，上天何故娱饥伧。
灵犀奋勇毒龙怒，洪涛一鼓翻长鲸。
青畴绿壤卷入水，草木非敌难为勍。
嗟我不才从事晚，春风到日花间行。
眼中犹见十余种，醉倚酒瓮听流莺。
（志言曹州牡丹甲于天下，乾隆年间，
黄河漫溢，少不如前，然犹冠诸郡也。）
白发归来守荒径，追惟往事思茂卿。
花压阑干只一色，羞从临芳望华清。
辟如阿娇失恩宠，长门宫里无逢迎。
又如淮阴降侯日，与哙等伍徒自轻。
几度吟诗世不识，何时酿酒家能倾。
百药仙人下尘世，钧天无计闻韶英。

所幸苍苍尚怜惜，不教风雨来相争。
绝色宁惟老夫喜，芳容亦使山妻惊。
看花十日忘昏晓，足偿一年弄花情。
可笑柳浑不晓事，戎葵持较矜分明。[4]

刘大绅则指出，陆游之所以大肆夸赞天彭牡丹，是出于他没有到过曹南（即曹州）的缘故：“洛阳花事既消歇，天彭亦号小西京。当时中原已沦没，南人未到曹南城。”按照刘大绅的说法，在北宋洛阳牡丹消歇之后，曹州牡丹便已粉墨登场了，只是江河阻隔，南宋人不能看到曹州牡丹。这应该是曹州牡丹渊源以及种植历史最早的记录，说明在战火造成洛阳牡丹衰败的同时，曹州就已接续了牡丹东移的使命，成为新的牡丹中心。刘大绅特别关注牡丹的兴衰变化，他的《牡丹行》的诗注中，还提到乾隆年间的河患对曹州牡丹的摧残：“志言曹州牡丹甲于天下，乾隆年间，黄河漫溢，少不如前。”诗中则描写了滔天洪水的巨大破坏力，还有洪水过后，牡丹花事不如以前的情况：“灵犀奋勇毒龙怒，洪涛一鼓翻长鲸。青畴绿壤卷入水，草木非敌难为勍。嗟我不才从事晚，春风到日花间行。眼中犹见十余种，醉倚酒瓮听流莺。”然而，由于花农们的坚守、苍天的顾惜，人们又培育出来新的品种供世人观赏，牡丹花事又趋于繁盛。刘大绅还有两首写白牡丹的诗，赞扬了白牡丹的清高之气，认为这样的牡丹，应该能够辞却人们千百年来送给牡丹的富贵之名：

赋白牡丹二首

刘大绅

其一

同是花师手种成，开时风韵独何清。
带来一点山林气，辞得千秋富贵名。
孤鹤舞余初不辨，落霞飞尽始分明。

4.（清）刘大绅：《寄庵诗文钞》卷一，民国三年刻云南丛书本，见《清代诗文集汇编》第421册，第28页。

玉人多少含羞处，半醉朱颜薄晕生。

其二

正欲簪花雪发盈，朱阑紫槛独关情。

不因淡极春无色，却似愁深月更明。

宰相自缘金带重，山人终为白衣倾。

好将吐凤扬雄赋，写向花枝寄玉京。

清初“四大布衣”之一的黄子云（1691年—1754年）曾造访过曹州毛氏园（今已并入曹州牡丹园），留下了《毛氏园观牡丹》。毛氏花园在菏泽市东北今牡丹园南部的毛胡同，于明代万历间建园，约五亩。民国时期，“五世名医”毛景瑞为园主，园内牡丹花大而艳，其中黑牡丹“黑花魁”“种生黑”等为明代以来珍品。更有如姚黄牡丹树一株，与人同高，花近百朵。

黑豹牡丹　王超英摄

毛氏园观牡丹

黄子云

十亩芳菲宅，名花最后看。

乍疑春欲醉，可爱露难干。

倚日自矜宠，回风不受寒。

药阑频徙倚，吟望夕阳残。[5]

清人凌寿柏《菏泽县志》还记载了成德乾（生卒不详）的一首《过毛氏园》：

过毛氏园

成德乾

微吟小醉踏春行，瞥见园林百媚生。

也有天资曾识面，几多国色不知名。

芳菲莫怪美人妒，潋滟应关花史情。

坐久景闲心亦静，绿杨深处啭流莺。[6]

乾隆间闽籍名士陈夔两度行经曹州，最让他难以忘怀的就是曹州牡丹，在《题余雪村曹州牡丹谱后》其三中，他把花团锦簇的曹州称为“胭脂国”，并表达了如果有机会再来曹州，一定要“一日花前一百回”那样徘徊花前：

题余雪村曹州牡丹谱后

陈夔

其一

洛花从古焕双明，四十年间变态生。

何事曹南名品上，色香才附小西京。

5.（清）黄子云：《野鸿诗稿》，见清沈德潜《清诗别裁集》卷三十，河北人民出版社，1997年。

6.（清）凌寿柏：《菏泽县志》卷十八，清光绪六年（1880年）刻本，第587页。

清　汪承霈　万寿长春册之一　故宫博物院藏

其二

学士诗缄百醉中，书来花叶遍三朡。

不须双桂楼抄本，谱牒新裁属寓公。

其三

菏水曾经两度来，零烟碎雨接风埃。

可能重访胭脂国，一日花前一百回。[7]

7.（清）陈夔：《忆园诗钞》卷五，清刻本，见《清代诗文集汇编》第491册，第598页。

八、莫更伤穷薄 曹南看牡丹
——清代地方官员与曹州牡丹

由于清朝曹州牡丹一枝独秀，一些任职曹州的官员也曾留下了不少牡丹诗作，这其中最具代表性的应属巨野人刘藻、天津人赵新。曾经任职曹州的刘藻（1701 年—1766 年），初名玉麟，字麟兆，山东巨野人。清朝雍正帝时期举人，曾任曹州观城县教谕，累官至云贵总督、湖广总督。著有《笃庆堂文集》，主编《曹州府志》，以文章受到皇帝的知遇。其文浑厚隽永，有韩、柳之风，流传下来的有《临濮亭记》《曹州创建试院记》等。刘藻有一首《牡丹歌》，写得摇曳多姿：

牡丹歌

刘藻

春风已老众香国，冶杏夭桃无颜色。
总持春事赖花王，领袖群芳有余力。
晓露初拆紫玉房，晚烟半护黄金薏。
照影临池自袅袅，含香对月尤嶷嶷。
主人久空色香界，绿意红情已寂默。

数亩荒园自锄理，春韭秋菘是所亟。
郡圃名花人共艳，匪我思存屏异域。
去年友人致数本，不应弃置聊封殖。
岂意东皇正有情，催放天葩无吝啬。
海云凤尾幻形容，倒晕檀心费镂刻。
顿令小圃擅风光，收转春光回衔勒。
时闻柳外莺声来，唤起花魂花不识。[1]

这首诗开头赞扬了牡丹“总持春事”的花王本色，接下来又描写了牡丹“晓露初拆”“晚烟半护”“照影临池”“含香对月”的不同姿态，然而自己久空色香之界，已经唤不起对“绿意红情”的兴致了。怎奈好友相赠名品，东皇又有情孕育，春天里竟然又绽放出令人目眩的姿容，顿时让小园风光无限。

赵新（1820 年—1881 年），字晴岚，直隶天津人。道光二十三年（1843 年）举人，同治四年（1865 年）署理德州知州，官至沂州知府，补曹州知府。同治十三年（1874 年）丁忧去官。赵新任曹州知府时关注牡丹花事，并常常访问田间花农。他有一组记录曹州牡丹的诗，与王曰高以上的组诗一样，也是一种特殊的曹州牡丹谱录。这组诗描述了姚黄、魏紫、豆绿、墨魁、冰清、梨花雪、一品朱衣、葛巾紫、红冰、掌花案、瑶池春、花牡丹十二种名品的形貌特征，诗人在这组诗的序文中说“菏泽牡丹不下百余种，此仅取其一二耳”，显然有以诗为谱的寓意。特别令人注意的是，这组诗每首之后都有一段注释，除了描写该种牡丹的独特之处以外，还道出该花得名因由，正是牡丹谱录应有的内容，所述诸花均有这样的注释。其中所说的“花牡丹”，像极了红白间色的“二乔”。

1. （清）凌寿柏：《菏泽县志》卷十八，清光绪六年（1880年）刻本，第566页。

杂咏牡丹

赵新

菏泽牡丹不下百余种，此仅取其一二耳。

姚黄

花王应被赭黄袍，色似初春柳散绦。
曹国竟同燕国侈，熔金新筑一台高。

（旧云，牡丹黄者皆单瓣。予在曹所见如姚黄、御衣、黄金轮之类，无不起楼有高五六寸者，非独佳种，亦培植得宜也。第此花不甚受水，插瓶即萎。或者其品甚高，不肯供人耳目之玩，与花之有品而自重者尚如此。）

魏紫

多买胭脂果不差，居然莲脸晕朝霞。
夫人自昔称曹国，紫玉端应属魏家。

（此种自昔与姚黄并称，然不及黄者远矣，香亦逊也。）

豆绿

群芳卸后吐奇芳，高挽香鬟拥绿云。
谢绝人家脂粉气，远山眉黛想文君。

（绿牡丹开最迟，花瓣重叠，包裹紧实，亦贵品也。）

墨魁

夺魁名目占花窠，浅紫深红教若何。
砚北莫嫌颜色淡，妙文著墨本无多。

（花色极紫，远出紫珠盘、紫重楼、葛巾紫之上，非真如墨也。）

冰清

铅华洗净著清风，独抱冰心样不同。

写艳无须朱点染，肖形真个玉玲珑。

（长瓣曲屈似玉版而无檀心，真有洁静精静精微之致，名曰玉玲珑，洵不愧也。）

梨花雪

如广寒宫见丽华，娉婷月下一枝斜。

梨花白雪工摹拟，从此休将玉色夸。

（是花乃极白者，枝干短小，大有弱不胜衣之态。）

一品朱衣

骨抱九仙衣一品，邺侯风度认依稀。

人闲正色无多少，珍重天公特赐绯。

（形似莲花，但色朱瓣圆耳，以其名佳人多爱之。）

葛巾紫

紫胎表异谢王封，名士纶巾爱卧龙。

雨侧风欹偏一角，依稀如见郭林宗。

（花圆整而富丽，如古时所戴葛巾状，故名。）

红冰

粉腻脂柔日炙消，丹青束手枉摹描。

杨妃香汗灵芸泪，颜色终须逊此娇。

（粉色娇艳非常，俗呼冰凌照红池，为改今名。园主笑其不典，于夜露犹湿、晓日未上时观之，莫能名其妍丽，惟叹观止而已。）

姚黄

梨花雪

豆绿

魏紫

花二乔

花二乔

掌花案

火珠闪烁映丹霞，艳到如斯更莫加。

若使移教端节放，居然斗大石榴花。

（榴花颜色最艳，此种正与相似，真奇观也。）

瑶池春

仙姿端合住瑶池，雅爱梳妆绝点埃。

五色衣裳嫌绚烂，藕丝衫子称身裁。

（花作深藕色，黄蕊单瓣。）

花牡丹

脂粉相兼衬玉肤，别开生面费工夫。

妆余一捻红如此，犹带杨妃指印无。

（红白相间，向无此种。乃莳花人用子种出者，俗名花牡丹。殆似沉香亭畔之一捻红乎？牡丹结子如豆，各异种皆用子种出，分枝则不能变也。初出土，止一叶，六七年后，始花，煞费工夫。故分枝多而种者绝少。）[2]

赵新还特别关心牡丹种植，并经常光顾牡丹园看望花农。赵孟俭是道光以后桑篱园主人，一生守贫莳花。赵新来到桑篱园，看到赵孟俭不问世事，身居团焦陋榻，专心培育牡丹，犹如庄周再生，于是感慨莫名，连作四首诗赠送给他：

看牡丹赠园主赵叟

赵新

其一

此老无惭市隐名，莳花真可当春耕。

2.（清）凌寿柏:《菏泽县志》卷十八，清光绪六年（1880年）刻本，第589—591页。

前身合是庄周蝶，安稳香中过一生。

其二

数亩闲田世守贫（艺牡丹已三世），团焦一榻仅容身。

名花似解嫌寒俭，特起楼台傲主人。

其三

买花人至日纷纷，布散天香下界闻。

过眼繁华空色相，居然富贵等浮云。

其四

活色生香着笔难，化工到此信奇观。

从今莫更伤穷薄，饱向曹南看牡丹。[3]

牡丹　王超英摄

3.（清）凌寿柏：《菏泽县志》卷十八，清光绪六年（1880年）刻本，第591页。

第三编　牡丹花语

花语是指人们用花来表达的语言，比如感情、愿望、价值、信仰等。它是在一定的历史条件下逐渐积累并约定俗成的，并为一定范围人群所公认的信息交流形式。它涵盖了人们对花的主观感受和理性认知，包含了季节、色彩、人格、宗教、典故等内容。牡丹花语，主要是指牡丹花所承载的以上信息。在谈到花语的时候，人们更多地侧重在社交层面，但这里使用这一概念，旨在作为牡丹文化符号意义的指代，以增加其通俗性。

通常情况下，人们对于牡丹文化符号的意义认知比较紊乱，为了便于比较清晰地表述，我们尝试把牡丹文化的符号意义分为三个层级，即牡丹文化符号的基本意义、情感意义和价值意义。牡丹文化符号的基本意义是指由牡丹花卉本身所产生的最为直接的象征意义，这种意义主要是诉诸感性的；牡丹的情感意义则承载了更多联想、想象方面的意义，它往往糅合了感性与理性；牡丹的价值意义则是以理性评价为主，更多地体现人们的价值评判。

一、国色朝酣酒 天香夜染衣
——牡丹文化符号的基本意义

牡丹文化符号的基本意义就是指牡丹作为文化符号最基础的含义，它包括牡丹物种上的意义以及其最初承载的人们对这种符号的感知意义，应属于“所指”关系非常明了和固定的、一般人普遍接受的认知，它是牡丹符号的意义之根。

牡丹文化符号的基本意义，包括对牡丹物种的生物学分类的定义，还有人们最初对牡丹的形象认知等两个基本方面。作为牡丹的生物学定义，即牡丹是植物界被子植物门、双子叶植物纲、芍药科、芍药属的植物，又被称为木芍药。这属于概念性定义。人们对牡丹这一事物的最初感知，是指在最初看到牡丹时，对牡丹“艳丽”“雍容”“硕大”等基本形象的认知。由于中国古代不太重视自然科学的研究，古人对于牡丹符号的认知，长久以来其实并不包括以上对于牡丹物种十分严格的门、纲、科、属的分类，一般人还是从形象上去认知这种花卉。所以，“艳丽”“雍容”“硕大”是人们最初对于牡丹的基本认知，这也是牡丹最初并没有本名，而因为形象近似而被称为“芍药”或“木芍药”的原因。即使牡丹后来终于有了“牡丹”之名，依然没有摆脱人们对它的形象认知。因为牡丹之所以名为牡丹，还是由于牡丹的幼芽大都呈现红色，入药的丹皮也呈现微微的红色，故谓之“丹”。如果说牡丹的命名中还存在一些理性认知的话，那就是人们发现它可以经由雄性植株单独繁殖，所以人们才称之为“牡”，这是牡丹名称的由来。自从牡丹进入审美领域，由于牡丹珍贵品种的稀缺、培育种植的不易等因素的存在，牡丹最初还会给人们一种“价格腾贵”的印象，所以，“富贵”也成了牡丹最基础的感知意义之一。

因此，牡丹文化符号的基本意义，除去以上生物学的定义之外，还有花形硕大、姿态艳丽、价格腾贵等感性意义指向，故又被称为富贵花。

唐宋诗中很多描写牡丹的诗句，呈现的就是牡丹文化符号的基本意义：“径尺千余朵，人间有此花”（刘禹锡《浑侍中宅牡丹》）、“盈尺吐红房，春丛占上阳”（范纯仁《和王端太中〈牡丹 〉》），这是写牡丹的花形硕大；“看遍花无胜此花，剪云披雪蘸丹砂”（徐夤《牡丹花二首》（其一））、“颜色无因饶锦绣，馨香惟解掩兰荪”（唐彦谦《牡丹》），这是写牡丹的馨香艳丽；“近来无奈牡丹何，数十千钱买一颗”（柳浑《牡丹》）、“秦陇州缘鹦鹉贵，王侯家为牡丹贫”（王建《闲说》），这又是写牡丹的价格腾贵。

下面的牡丹诗多表现牡丹符号的基本意义：

清平调

唐 · 李白

一

云想衣裳花想容，春风拂槛露华浓。
若非群玉山头见，会向瑶台月下逢。

二

一枝红艳露凝香，云雨巫山枉断肠。
借问汉宫谁得似，可怜飞燕倚新妆。

三

名花倾国两相欢，长得君王带笑看。
解释春风无限恨，沉香亭北倚阑干。

赏牡丹

唐·王建

此花名价别，开艳益皇都。
香遍苓菱死，红烧踯躅枯。
软光笼细脉，妖色暖鲜肤。
满蕊攒黄粉，含棱缕绛苏。
好和熏御服，堪画入宫图。
晚态愁新妇，残妆望病夫。
教人知个数，留客赏斯须。
一夜轻风起，千金买亦无。

牡丹诗

唐·李正封

国色朝酣酒，天香夜染衣。
丹景春醉容，明月问归期。

看浑家牡丹花戏赠李二十

唐·白居易

香胜烧兰红胜霞，城中最数令公家。
人人散后君须看，归到江南无此花。

浑侍中宅牡丹

唐·刘禹锡

径尺千余朵，人间有此花。
今朝见颜色，更不向诸家。

题开元寺牡丹

唐·徐凝

此花南地知难种，惭愧僧闲用意栽。
海燕解怜频睥睨，胡蜂未识更徘徊。
虚生芍药徒劳妒，羞杀玫瑰不敢开。
惟有数苞红萼在，含芳只待舍人来。

牡丹

唐·徐凝

何人不爱牡丹花？占断城中好物华。
疑是洛川神女作，千娇万态破朝霞。

咏牡丹未开者

唐·韩琮

残花何处藏，尽在牡丹房。
嫩蕊包金粉，重葩结绣囊。
云凝巫峡梦，帘闭景阳妆。
应恨年华促，迟迟待日长。

牡丹

唐·皮日休

落尽残红始吐芳，佳名唤作百花王。
竞夸天下无双艳，独立人间第一香。

春天，同棵迎日红两次开花　王超英摄

题洛阳观音院牡丹二首

宋·李建中

其一

微动风枝生丽态，半开檀口露浓香。

秦时避世宫娥老，旧日容颜旧日妆。

朱红牡丹

宋·王禹偁

渥丹容貌著霓裾，何事僧轩只一株。

应是吴宫歌舞罢，西施因醉误施朱。

和王端太中《牡丹》

宋·范纯仁

盈尺吐红房，春丛占上阳。

佳名过百品，绝艳冠群芳。

嫩玉舒韶脸，鲜霞避晓光。

楚妃殊众色，洛浦谢浓妆。

露重珠如缀，风回麝不香。

倦游稀爱赏，得此浣愁肠。

二、凌晨新妆面 对客不语情
——牡丹文化符号的情感意义

牡丹文化符号的情感意义是指由想象和联想产生的象征意义，它是以牡丹的基本性状以及基本意义为基础，通过审美主体的情感投射而生发的意义。牡丹文化符号的基本意义与其情感意义紧密相连，正是在其基本意义的基础之上，人们才生发出更为丰富的情感意义。牡丹文化符号的情感意义是指受到时序、环境、情感、遭际等影响，基于个性化表达需要，而赋予牡丹的各种认知，也可以称作个性标签化认知。

牡丹文化符号的情感意义与上述牡丹符号的基本意义体现出来的“所指”和“能指”不同，因为它不是明了和固定的。与一般人普遍接受的认知不同，受个性化的驱使，这里会让牡丹文化符号被赋予各种不同的情感内容，这些情感和思想有对牡丹的礼赞，有对青春的颂扬，有对爱情的虚拟，有对盛衰的感慨，有对治乱的喟叹，有对家国的寄托，有对人生的领悟，有对牡丹的嘲讽，也有对奢靡风气的批判，囊括了诸如礼赞、青春、爱情、盛衰、治乱、家国、人事、物事、俭奢等人生各种各样的情感和思想。人们对牡丹符号的这种情感化、个性化的运用，强化了中国古典诗词意象美和含蓄美。

冬牡丹　王超英摄

牡丹文化符号的多项情感关联意义，其实都是在牡丹文化符号的基本意义基础之上产生的，它们是牡丹意象在不同时序、不同环境、不同诗人作品中的各种情感呈现。由于人们在使用这一意象时所处的环境不同、情感认知角度不同，客体在接受这一意象时很可能会产生歧义或模糊，然而这却是难避免的。牡丹文化符号的这部分意义，是牡丹文化中最为丰富、最为生动、最为引人入胜的部分，它们是在牡丹文化符号的基本意义之上，进一步联想、引申和延展产生的，它们是情与景、感与遇等相互触动的结果。

还有一种情况值得注意，那就是牡丹文化符号的情感意义虽然是由基本意义衍生、延伸，但在其积淀、生成的整个过程之中，牡丹文化符号的基本意义与情感意义中的某些特定意义又都有升华为牡丹文化符号的最终意义层次——价值意义的可能。当然，这种意义升华是有条件的。比如，作为牡丹基本意义的“富贵”义项，当它脱离了富贵的浅层次含义——金钱、物质、财富等，而融进了人生成功的意义之后，它就成为牡丹文化符号意义中的高阶层次——价值意义的组成部分。所以，

清　弘历薰风琴韵图轴（局部）　故宫博物院藏

当我们理解牡丹“富贵”意义的时候，实质上就包含了世俗追求和人格建构等不同层次含义的“富贵”，而一般人又往往因为牡丹符号具有浅层次的富贵意义从而贬损牡丹以及牡丹的这种意义象征，而忽略牡丹还有人生成功这种人格建构层次的价值意涵，甚至于出于古代士子对清高品格的追求而去声讨牡丹为庸俗意义的象征。

牡丹的情感意义升华为价值意义也是有前提的，这其中主要有两个条件：一是这种情感意义在使用的过程中逐渐被人们认同并且越来越固定，二是这种情感意义在使用的过程中加入越来越多的理性成分。比如，作为思乡情感的寄托，牡丹就渐渐定型为家国的象征。因为牡丹有家庭团圆、国家太平的情感寓意，在国破家亡的岁月里，它日渐成为人们时常缅怀与凭吊的人生理想图景的一部分，而且在宋室南渡以后的作品中，这种意象内涵被一再强调、一再吟咏，因此这种情感意义就被固定，从而由情感意义升华为价值意义。再如，因为牡丹的生命美丽、短暂，一些诗人在表达人生失意情感的时候，进而引入佛陀的空幻、无常等义理并反复叙述，也使得牡丹作为空幻、无常的象征物被逐渐固定化，从而使情感的表达上升为哲理的阐释，也使得牡丹的这种情感意义产生价值化。

牡丹的情感意义在诗词之中有非常丰富的呈现，以下诗词可证：

闻王仲周所居牡丹花发因戏赠

唐・武元衡

闻说庭花发暮春，长安才子须看频。
花开花落无人见，借问何人是主人。

牡丹四首・其三

唐・薛能

去年零落暮春时，泪湿红笺怨别离。
常恐便随巫峡散，何因重有武陵期。
传情每向馨香得，不语还应彼此知。
欲就栏边安枕席，夜深闲共说相思。

白牡丹

唐·白居易

白花冷淡无人爱，亦占芳名道牡丹。
应似东宫白赞善，被人还唤作朝官。

戏题牡丹

唐·韩愈

幸自同开俱隐约，何须相倚斗轻盈。
凌晨并作新妆面，对客偏含不语情。
双燕无机还拂掠，游蜂多思正经营。
长年是事皆抛尽，今日栏边暂眼明。

牡丹花

唐·罗隐

似共东风别有因，绛罗高卷不胜春。
若教解语应倾国，任是无情也动人。
芍药与君为近侍，芙蓉何处避芳尘。
可怜韩令功成后，辜负秾华过此身。

虚白堂前牡丹相传云太傅手植在钱塘

唐·罗隐

欲询往事奈无言，六十年来托此根。
香暖几飘袁虎扇，格高长对孔融樽。
曾忧世乱阴难合，且喜春残色上存。
莫背阑干便相笑，与君俱受主人恩。

中台五题·牡丹

唐·郑谷

乱前看不足，乱后眼偏明。

却得蓬蒿力，遮藏见太平。

题慈恩寺默公院

唐·郑谷

虽近曲江居古寺，旧山终忆九华峰。

春来老病厌迎送，剪却牡丹栽野松。

牡丹

唐·罗邺

落尽春红始见花，花时比屋事豪奢。

买栽池馆恐无地，看到子孙能几家。

门倚长衢攒绣毂，幄笼轻日护香霞。

歌钟满座争欢赏，肯信流年鬓有华。

湘中春兴

唐·齐己

雨歇江明苑树干，物妍时泰恣游盘。

更无轻翠胜杨柳，尽觉浓华在牡丹。

终日去还抛寂寞，绕池回却凭栏干。

红芳片片由青帝，忍向西园看落残。

清　钱维城　牡丹二十四种图卷（局部）　故宫博物院藏

看天王院牡丹

唐・王贞白

前年帝里探春时，寺寺名花我尽知。

今日长安已灰烬，忍随南国对芳枝。

观江南牡丹

唐・张蠙

北地花开南地风，寄根还与客心同。

群芳尽怯千般态，几醉能消一番红。

举世只将华胜实，真禅元喻色为空。

近年明主思王道，不许新栽满六宫。

红白牡丹

唐・吴融

不必繁弦不必歌，静中相对更情多。

殷鲜一半霞分绮，洁澈傍边月飐波。

看久愿成庄叟梦，惜留须待鲁阳戈。
重来应共今来别，风堕香残衬绿莎。

西溪见牡丹

宋・范仲淹

阳和不择地，海角亦逢春。
忆得上林色，相看如故人。

留别释迦院牡丹呈赵倅

宋・苏轼

春风小院初来时，壁间惟见使君诗。
应问使君何处去，凭花说与春风知。
年年岁岁何穷已，花似今年人老矣。
去年崔护若重来，前度刘郎在千里。

吕子光惠牡丹

宋・许景衡

六年不见故园花，每到花时只自嗟。
多谢故人分国艳，尚怜羁旅惜春华。
芳菲仙圃烘初日，冷落书窗照暮霞。
谁道无情便无恨，只应也学我思家。

曾宏甫见过，因问讯鞓红花，则云已落矣，惊呼之余，戏成三首

其三

宋・曾几

南渡年来两鬓霜，牡丹芍药但他乡。
即从江水浮淮水，便上维扬向洛阳。

次韵洛阳秦庆父贽见

宋·陈著

洛中人物好，磊磊实过名。
和气春浮动，新诗玉琢成。
相逢交义重，一笑世情轻。
问到牡丹外，凄然百感生。

子渊送牡丹

宋·戴复古

有酒何孤我，因花赋恼公。
可怜秋鬓白，羞见牡丹红。
海上盟鸥客，人间失马翁。
不知衰病后，禁得几春风。

紫牡丹二首·其一

宋·杨万里

万花不分不春妍，至竟专春是牡丹。
紫锦香囊金屑暖，翠罗舞袖掌文寒。
恨无国色天香句，借与风绦日萼看。
家有洛阳一千朵，三年归梦绕栏干。

盘洲杂韵上 牡丹

宋·洪适

绮席偏宜昼，香霞独占春。
洛阳荆棘久，谁是惜花人。

牡丹用子坚韵

元·邓雅

东风微雨过园亭，国色朝酣近玉瓶。
衔去只须防白鹿，开时还似缀红翎。
春融几处繁华地，香逐谁家缥缈軿。
闻道洛阳花更好，满城如锦照青冥。

咏牡丹用唐人韵

明·张羽

沉香亭路到无因，怅望东风欲度春。
秾艳重逢木芍药，丽词应泣谪仙人。
妆台醉浥葡萄露，锦袜香留瑞脑尘。
不用凭栏伤往事，玉环元只是前身。

三、陶宅不须此 江左伴谢安
——牡丹文化符号的儒家人格意义

牡丹文化符号的价值意义是指在中国传统文化环境中生成，并得到这一文化环境认同的观念意义。在文化传播的过程中，它也应该逐渐得到跨文化环境认同并成为牡丹文化符号的最高价值。中国文化的核心是以儒学、佛教、道教为基础的价值观念，所以，牡丹文化符号的价值意义，在这里便是指牡丹在道德、宗教、哲学等观念形态上的主要象征意涵。

牡丹文化符号的人格意义是“以花比德”的结果，是指由牡丹的个性特质生发出来的君子理想品格。古代文人喜欢将名花人格化，比如以梅花喻劲骨，以兰花代幽芳，以竹子喻刚直，以菊花示傲霜，以莲花表纯洁，不一而足。这其实是古代士大夫文人对其所独赏人格的一种形象比喻，一如周敦颐对于莲花的偏爱。事实上，在中国文化史中，我们过分认同了士大夫文人的这种非常个性化、有时是带着偏颇情绪的人格价值，从而导致了历史上士大夫文人对于以清高、孤傲、愤世、嫉俗等为特征的偏颇人格的不完全合理的嘉许，反而导致了对于士人健全人格的某种程度上的忽略。诚然，在特定的历史时期和历史环境中，以清高、孤傲、愤世、嫉俗等为特征的人格具有独立高标的重要意义，但不是说这样的人格在任何时候都具有恒久不变的价值意义。正是在这样的情形之下，在诸花所代表的人格价值中，牡丹应该是健全人格的象征和代表。虽然世俗的价值观念有时遮蔽了牡丹文化符号所应有的全部价值内涵，但人们终究会发现牡丹品格价值的中道和雅正。

在所有名花中，唯有牡丹兼具以上梅、兰、竹、菊、莲所象征的君子美德：牡丹挺立于冬雪，有梅之骨；牡丹绽放于林下，有兰之幽；牡丹劲枝遒干，有竹之刚；牡丹秋日凌霜，有菊之傲；牡丹温润秀洁，又有莲之净。其实，牡丹的品格价值远不止此。它还有传统儒家文化所追求的至高至上的君子品格，即持重、谦和、温润、刚正的品格。这些品格正是孔子所谓“可以南面”的君子品格，也是牡丹可称“花王”的依据。“艳绝百花惭，花中合面南”，宋代著名儒士王禹偁《牡丹十六韵》就表达了对牡丹以上君子人格的认同。在这里，持重的意思是坚毅、稳重。牡丹不怕贫瘠、苦寒，具有坚毅、稳重的品格。谦和的意思是谦逊、不争。牡丹开在晚春，它不愿与众芳争艳,所以,符合儒家人格理想中的“谦德”。温润的意思是温和、亲近。牡丹形象端庄，花瓣洁净柔和，有玉一般的质地，具有儒家君子的温和品质。刚正的意思是刚强、正直。牡丹对于栽培有特定的要求，如果委屈其本性进行栽种，牡丹就会死去，这又符合儒家刚直的品格。牡丹符号所体现的以上这些意义，无不符合中国儒家文化所倡导的、被历代文人所认同的古代君子品格。从更高的层次上判读牡丹的这些观念价值，我们可以看出，牡丹的这些价值意义正是儒家“内圣外王”型君子品格的象征，是儒家理想君子人格全面、高度的体现。所以，牡丹文化符号所蕴含的这些至高的价值意义，乃是古代君子的理想人格追求，即包含君子仁德和人生事功两个方面。牡丹的这种文化符号意义象征的不是洁身自好、不染俗尘的君子品格，而是在追求自美品格之外，又有事功与兼济品格的映射，是一种健全的人格理想，正如乾隆的《牡丹》所云：“屈闾陶宅无须此，只合东山伴谢安。”牡丹的这些文化符号价值也是具有现实意义的，它告诉我们，人生不能只留下高情俊德，还要留下奋斗和事业。所以,牡丹的理性价值意义,首先是人生高度成功的价值象征，它包含了道德修为上的成功，也包括了人生事业上的成功。

和李中丞慈恩寺清上人院牡丹花歌

唐·权德舆

澹荡韶光三月中，牡丹偏自占春风。
时过宝地寻香径，已见新花出故丛。
曲水亭西杏园北，浓芳深院红霞色。
擢秀全胜珠树林，结根幸在青莲域。
艳蕊鲜房次第开，含烟洗露照苍苔。
庞眉倚杖禅僧起，轻翅萦枝舞蝶来。
独坐南台时共美，闲行古刹情何已。
花间一曲奏阳春，应为芬芳比君子。

牡丹

唐·方干

不逢盛暑不冲寒，种子成丛用法难。
醉眼若为抛去得，狂心更拟折来看。
凌霜烈火吹无艳，裛露阴霞晒不干。
莫道娇红怕风雨，经时犹自未凋残。

僧舍白牡丹二首·其一

唐·吴融

腻若裁云薄缀霜，春残独自殿群芳。
梅妆向日霏霏暖，纨扇摇风闪闪光。
月魄照来空见影，露华凝后更多香。
天生洁白宜清净，何必殷红映洞房。

牡丹　菏泽电视台供图

牡丹

唐·归仁

三春堪惜牡丹奇，半倚朱栏欲绽时。
天下更无花胜此，人间偏得贵相宜。
偷香黑蚁斜穿叶，觑蕊黄蜂倒挂枝。
除却解禅心不动，算应狂杀五陵儿。

牡丹

唐·孙鲂

意态天生异，转看看转新。

百花休放艳，三月始为春。

蝶死难离槛，莺狂不避人。

其如豪贵地，清醒复何因。

宋　佚名　富贵花狸图轴　台北故宫博物院藏

题未开牡丹

唐·孙鲂

青苞虽小叶虽疏，贵气高情便有余。
浑未盛时犹若此，算应开日合何如?
寻芳蝶已栖丹槛，衬落苔先染石渠。
无限风光言不得，一心留在暮春初。

延羲阁牡丹

宋·梅尧臣

花中第一品，天上见应难。
近署多红药，层城有射干。
生虽由地势，开不许人看。
天子何时赏，宫娥捧玉盘。

和孔密州五绝 堂后白牡丹

宋·苏轼

城西千叶岂不好，笑舞春风醉脸丹。
何似后堂冰玉洁，游蜂非意不相干。
（孔颇有声伎，而客无见者）

雨中看牡丹三首 ·其二

宋·苏轼

明日雨当止，晨光在松枝。
清寒入花骨，肃肃初自持。
午景发秾丽，一笑当及时。
依然暮还敛，亦自惜幽姿。

僧首然师院北轩观牡丹

宋·释道潜

乌声鸣春春渐融，千花万草争春工。
纷纷桃李自缭乱，牡丹得体能从容。
雕栏玉砌升晓日，轻烟薄雾初冥蒙。
深红浅紫忽烂漫，如以蜀锦罗庭中。
姚黄贵极未易睹，绿叶遮护藏深丛。
露华膏沐披正色，肯事夭冶分纤秾。
从来品目压天下，百卉羞涩莫敢同。
清净老禅根道妙，即此幻色谈真空。
上人封植匪玩好，庶敬先烈存遗风。
遨芳公子应未耳，且乐樽俎怡歌钟。

初见牡丹与诸季申伯小酌

宋·李纲

牡丹家中州，尤者西邑洛。
姚黄妃魏紫，余品皆落寞。
南方瘴疠地，寒暑互参错。
浪蕊与浮花，未春先已作。
安能萃和气，孕此木芍药。
今朝眼忽开，数朵到书阁。
郁然兰蕙芬，烂若云霞烁。
虽非千叶繁，香色亦不恶。
花王苗裔远，气格尚宏廓。
群芳类凡禽，累百惭一鹗。
把酒共对之，寄意良匪薄。
无辞倒金樽，坐使花空落。

寄题王晋辅专春堂

宋・陆游

三月风光不贷人，千红百紫已成尘。
牡丹底事开偏晚，本自无心独占春。

和巩宰送牡丹三首・其三

宋・姜特立

品格高低各自春，大如玉斗满如轮。
前贤曾谱花王说，唯有姚黄始是真。

镜川先生宅赏白牡丹得白字

明・李东阳

玉堂天上清，玉版天下白。
幸从清切地，见此纯正色。
露苞春始凝，脂萼晓新坼。
檀深蔼薰心，绛浅微近积。
终焉保贞素，不涴脂与泽。
先生无物玩，聊以物自适。
澹哉君子怀，富贵安可易。
临轩抚流景，爱此不忍摘。
我亦惜春心，逢花作花客。
先生顾客笑，偶此非宿昔。
客去花未阑，嫣然共今夕。[1]

1. （明）李东阳：《怀麓堂集》卷六，据《文渊阁四库全书》电子版，集部，别集类。

题墨牡丹

清·傅山

何奉富贵容，得入高寒笔。
君子无不可，亦四素之一。[2]

题周之冕写生卷·牡丹

清·弘历

迎夏饯春岂无意，不同桃李斗繁华。
一般潇洒出尘意，惭愧人称富贵花。[3]

牡丹

清·弘历

欲滴瀼瀼露未干，金铃那藉护朱栏。
屈间陶宅无须此，只合东山伴谢安。[4]

咏牡丹拟禁体（不用富贵烂漫并姚黄魏紫等字）

清·弘历

叶概花姿天与真，松为好友石为邻。
可知气韵饶群卉，肯以容华媚主人。
蝶醉未醒风似麝，僧参初定月如银。
凭轩不杂笙歌赏，恐使清标渐染尘。[5]

2.（清）傅山：《霜红龛集》卷十二，清宣统三年（1911年）山阳丁氏刻本，见《清代诗文集汇编》第25册，第316页。

3.（清）弘历：《御制诗集》五集，卷三十一，据《文渊阁四库全书》电子版，集部，别集类。

4. 同上，《御制诗集》三集，卷六十一。

5. 同上，《御制诗集》初集，卷十四。

四、对之心亦静 虚白相向生
——牡丹文化符号的宗教意义

牡丹文化符号的宗教意义是指由牡丹个性特质引发出来的关于宗教义理等的联想，比如与佛教相关的性静、空寂，与道教相关的奇幻、妖变，等等。所以，牡丹文化符号不仅是儒家伦理品格的象征，同时也是佛教和道教重要义理的象征。

佛教强调一个人成佛必须具有佛性，亦即“心性本净”和“自清净心”。牡丹花叶清净、柔软，有玉一般的质地，在这一点上，牡丹与莲花一样具备“心性本净”和“自清净心”，恰如白居易《白牡丹》所写：“闭在深寺中，车马无来声。”因此，在这里，牡丹花的洁净、柔和就是它的佛性，也是牡丹符号在宗教义理上的象征。

在佛教理论中，还有一个非常重要的观念“空”。小乘佛教和大乘佛教都有关于“空”的解释。小乘佛教有些部派认为，现在的事物是有，过去和未来的事物是空。或者空是有变化的，现在的东西将来不存在，或者以前存在的东西现在不存在，这就是空。大乘佛教认为，事物在本性上就是空，空是事物的不可分离的属性。没有离开空性的事物，也没有与事物无关的独立的空。也就是说，事物的空是指假有，或者说性空即指事物的缘起，没有什么不空的事物。佛教认为四大皆空，即构成物质世界的地、火、水、风等一切因素，本质上都是假非实，是幻非实。世上的一切事物，包括人生中的悲欢离合、喜怒哀乐，亦如镜花水月，随缘聚散，尽不真实。牡丹花开花落，匆匆不驻，故而常常作为佛教这种理念的承载或者观念的意象出现，如“举世只将华胜实，真禅元喻色为空”（张蠙《观江南牡丹》）。牡丹之所以成为空寂的象征，是因为牡丹在花开时节，一团团、一簇簇，在晴日之下，光鲜亮丽。然而，由于牡丹花期短促，旬日之后，或者风雨过后，牡丹便纷纷凋零，一场繁华即成空寂，似乎印证了佛教所谓世间一切，包括人生繁华都是空幻不实的这种观念。

道教追求长生不死、得道成仙，而牡丹所具有的长寿、奇幻、妖变等特质，与道教的追求有很多相似之处。在植物学意义上，牡丹生长的历史十分悠久，有人甚至于追溯到白垩纪，世间生长数百年并且还能开出艳丽花朵的单株牡丹也不难寻觅。更为特别的是，牡丹有时还有不可测度的变化，这就是它的奇幻和妖变。

牡丹的奇幻是指牡丹的花色、花形有无数种变化，有时同一种花，今年不似去年，明年不似今年。有时还会在朝暮之间呈现不同色彩，这是牡丹的奇幻之处。一般来说，牡丹颜色的深浅取决于花青素的积累。而花青素的形成与温度、光照以及温差等自然条件有关。如果春天的气温偏高，孕蕾的时间相应就要短；如果孕蕾的时间短，花青素等决定花朵颜色的物质积累就不够，就会导致色素积累不足，使得牡丹花色变浅。相反，在牡丹孕蕾的过程中，如果气温偏低，牡丹孕蕾的时间就长，再加上光照充足以及温差较大，牡丹花开的颜色就深。但人们有时总会赋予牡丹这种有条件的变化以奇幻的想象，或者故事性的阐释，这就增加了牡丹的奇幻色彩。

牡丹还会出现异于常态的形貌变化，由于这些变化奇特，让人不易琢磨，故也称之为妖变。这些变化可能出于气温、营养、光照、管理等原因，也可能由于自身的变异造成，但无论怎样，都能使牡丹发生异乎寻常的变化。它们或者让牡丹的形貌今年不同于往年，也可能让牡丹的颜色早晨不同于晚上，甚至于生出双头、三头或者并蒂牡丹等奇特的形状，成为世上之异。这让牡丹具有了仙家才有的变化，从而生发出人们各种各样的联想。欧阳修《洛阳牡丹图》中说“洛阳地脉花最宜，牡丹尤为天下奇”“客言近岁花特异，往往变出呈新枝”，描述的就是这种情况。

白牡丹（和钱学士作）

唐·白居易

城中看花客，旦暮走营营。
素华人不顾，亦占牡丹名。
闭在深寺中，车马无来声。
唯有钱学士，尽日绕丛行。
怜此皓然质，无人自芳馨。
众嫌我独赏，移植在中庭。
留景夜不暝，迎光曙先明。
对之心亦静，虚白相向生。
唐昌玉蕊花，攀玩众所争。
折来比颜色，一种如瑶琼。
彼因稀见贵，此以多为轻。
始知无正色，爱恶随人情。
岂惟花独尔，理与人事并。
君看入时者，紫艳与红英。

与杨十二、李三早入永寿寺看牡丹

唐·元稹

晓入白莲宫，琉璃花界净。
开敷多喻草，凌乱被幽径。
压砌锦地铺，当霞日轮映。
蝶舞香暂飘，蜂牵蕊难正。
笼处彩云合，露湛红珠莹。
结叶影自交，摇风光不定。
繁华有时节，安得保全盛。
色见尽浮荣，希君了真性。

牡丹　菏泽电视台供图

登玄都阁

唐・朱庆馀

野色晴宜上阁看，树阴遥映御沟寒。

豪家旧宅无人住，空见朱门锁牡丹。

僧院牡丹

唐・陈标

琉璃地上开红艳，碧落天头散晓霞。

应是向西无地种，不然争肯重莲花。

僧院牡丹

唐・李商隐

薄叶风才倚，枝轻雾不胜。

开先如避客，色浅为依僧。

粉壁正荡水，缃帏初卷灯。

倾城惟待笑，要裂几多缯。

中山临上人院观牡丹寄诸从事

唐·杜荀鹤

闲来吟绕牡丹丛，花艳人生事略同。
半雨半风三月内，多愁多病百年中。
开当韶景何妨好，落向僧家即是空。
一境别无唯此有，忍教醒坐对支公。

寄方干处士

唐·尚颜

格外缀清诗，诗名独得知。
闲居公道日，醉卧牡丹时。
海鸟和涛望，山僧带雪期。
仍闻称处士，圣主肯相违。

和僧咏牡丹

唐·吴融

万缘销尽本无心，何事看花恨却深。
都是支郎足情调，坠香残蕊亦成吟。

僧舍白牡丹二首·其二

唐·吴融

侯家万朵簇霞丹，若并霜林素艳难。
合影只应天际月，分香多是畹中兰。
虽饶百卉争先发，还在三春向后残。
想得惠林凭此槛，肯将荣落意来看。

赏牡丹应教

唐·谦光

拥衲对芳丛，由来事不同。

鬓从今日白，花似去年红。

艳异随朝露，馨香逐晓风。

何须对零落，然后始知空。

和范蜀公题蜀中花图

宋·韩绛

径尺千余朵，矜夸古复今。

锦城春物异，粉面瑞云深。

赏爱难忘酒，珍奇不费金。

应知色空理，梦幻即惟心。

吉祥寺赏牡丹对月

宋·蔡襄

花未全开月未圆，看花倹月思依然。

明知花月无情物，若使多情更可怜。

述古闻之，明日即至，座上复用前韵同赋

宋·苏轼

仙衣不用剪刀裁，国色初含卯酒来。

太守问花花有语，为君零落为君开。

和述古冬日牡丹四首·其三

宋·苏轼

当时只道鹤林仙，能遣秋花发杜鹃。

谁信诗能回造化，直教霜卉放春妍。

城中牡丹推高皇庙园迟，适联骑往观，归报未开，戏作

宋·苏辙

汉庙名园甲颍昌，洛川珍品重姚黄。
雨余往看初疑晚，春尽方开自不忙。
争占一时人意速，养成千叶化功长。
老人终岁关门坐，花落花开已两忘。

牡丹诗

宋·赵佶

牡丹一本，同干二花，其红深浅不同，名品实两种也：一曰叠罗红，一曰胜云红。艳丽尊荣，皆冠一时之妙。造化密移如此，褒赏之余，因成口占：

异品殊葩共翠柯，嫩红拂拂醉金荷。
春罗几叠敷丹陛，云缕重萦浴绛河。
玉鉴和鸣鸾对舞，宝枝连理锦成窠。
东君造化胜前岁，吟绕清香故琢磨。

老人命赋家庭双头牡丹

宋·项安世

只与酴醾话独醒，不随桃李竞时名。
人怜国色无花对，天与风流并蒂生。
两两鹤红思并翥，双双鹿紫待齐鸣。
冲天食野方多庆，尽是仙翁手种成。

题红白牡丹

金·王重阳

红白绞绡剪作团，青罗帐上稳排安。
清香远喷无差别，异质虽殊各正端。
尘世久遗三岛种，时人休作两般看。
我今折得同归去，步步云霞代彩鸾。

上平西

金·刘处玄

到仙园，松筠翠，牡丹红。乐清欢，几个人同。且忘世梦，转头万事一场空。月圆月缺如忧喜，悟爱心慵。　真闲好，得闲趣，通闲妙，觉闲通。运卦爻，识祖明宗。许君庞氏，了然先到碧霄中。诸公依此崇真道，蓬岛相逢。

三月二十三日赏牡丹秉之不至有诗来次其韵

明·王鏊

老去那能复种花，姚黄魏紫亦诚嘉。
岂知洛下平章宅，还到吴中野老家。
粉艳纷披晴堕雪，红香缭绕晚生霞。
扬州芍药何如此，空色于人岂有涯。[1]

1.（明）王鏊：《震泽集》卷七，据《文渊阁四库全书》电子版，集部，别集类。

曹州古城

五、真宰精妙处 人意不可量
——牡丹文化符号的哲学意义

牡丹文化符号的哲学意义是指由牡丹个性特质所隐喻的人生和社会境界，比如包容、和谐、生机、繁荣等价值意义。包容的意思是包涵、容纳，和谐的意思是适当、协调。牡丹是世俗社会各阶层中普遍喜爱的名花，它就像品格温润的君子，受到不同阶层的人们喜爱。这就是儒家所讲的“望之俨然，即之也温”的君子的包容与人际的和谐。在世人眼中，牡丹极少作为像梅花、菊花那样孤高冷傲的形象代表，更多的是作为仁以为邻的君子的象征，并以其雍容的外观、温润的品格表现其谦和包容的姿态，呈现出与物相得的恰当与和谐。“牡丹松桧一时栽，付与春风自在开”，苏轼《又和景文韵》中的诗句表达的就是这种意思。牡丹符号还具有繁荣、太平的价值意义。繁荣的意思是繁华、茂盛，太平即谓社会安宁、无事。古人把牡丹看成是社会繁荣、国家太平的象征，这首先因为牡丹是天地生气的代表，国家气运的体现。古人认为，国家的昌盛，社会的繁荣，必定有相应的事物将其具象化，即作为象征。比如盛唐之世人们青春豪迈、昂扬自信、积极进取，而雍容富丽、大气华贵同时又青春勃发的牡丹就十分自然地成为这种精神文化的象征。北宋中叶以前的一百多年里，社会安定、政治清明，是所谓“百年无事”的历史时期，理学家们观天地万物，悟社会人生之理，怒放的牡丹所展现出的旺盛的生命、绚丽的色彩，让他们体会到天地造化的玄妙之功。

人们可以从牡丹的开放之中感悟宇宙运行的真意，体会天人合一的大道、民胞物与的人文情怀。同样，一些高居庙堂的士大夫文人，则又从中找到世道太平的最好象征："天津水绿烟树深，万井笙歌牡丹发"（田锡《惜春词》）"花王千品尽殊胜，风光绣画三春晖"（王拱辰《耆英会》）。宋代是牡丹文化哲学化的重要阶段，理学家的观物之妙论无疑影响着人们对牡丹的品赏，并把这种行为更加世俗化。宋仁宗初登基时，因为年轻，当时太后垂帘，两宫共治。因此，也有人产生以牡丹隐喻政治的灵感："禁籞阳和异，华从造化殊。两宫方共治，双花故联跗。"（夏竦《延福宫双头牡丹》）并蒂牡丹的开放，似乎是两宫和谐、政治稳定得到天道认同的标志。自此，宋代开始又强化了牡丹符号的祥瑞象征。

南宋诗人陈宓《赋梅堂十首》云："造物全将素作华，牡丹那得号真花。古来骚客知多少，貌得精神有几家。"阐述牡丹符号的深层价值意义，不是一件容易做到的事情，但这并不妨碍我们为之付出努力进行有意义的探讨。因此，从道德意义上来看，牡丹文化符号的价值意义表现为持重、谦和、温润、刚正；从宗教象征意义上来看，牡丹文化符号的价值意义表现为性静、空寂、奇幻、仙术；从哲学意义上来看，牡丹文化符号的价值意义表现为包容、和谐、生机、繁荣。这些具有观念意义的牡丹文化符号价值，是中国牡丹文化一千多年以来沉积下来的精神价值的精华，应该逐渐成为能为人们普遍接受的牡丹文化的更高层次的意涵。

寄白司马

唐 · 徐凝

三条九陌花时节，万户千车看牡丹。

争遣江州白司马，五年风景忆长安。

百花园　王超英摄

千里相牵看牡丹　王超英摄

百花园　王超英摄

牡丹　王超英摄

忆荐福寺南院

唐 · 徐夤

忆昔长安落第春，佛宫南院独游频。
灯前不动惟金像，壁上曾题尽古人。
鶗鴂声中双阙雨，牡丹花际六街尘。
啼猿溪上将归去，合问升平诣秉钧。

牡丹二首 · 其二

唐 · 徐夤

万万花中第一流，浅霞轻染嫩银瓯。
能狂绮陌千金子，也惑朱门万户侯。
朝日照开携酒看，暮风吹落绕栏收。
诗书满架尘埃扑，尽日无人略举头。

牡丹

唐 · 韩琮

桃时杏日不争浓，叶帐阴成始放红。
晓艳远分金掌露，暮香深惹玉堂风。
名移兰杜千年后，贵擅笙歌百醉中。
如梦如仙忽零落，暮霞何处绿屏空。

牡丹四首 · 其一

唐 · 薛能

异色禀陶甄，常疑主者偏。
众芳殊不类，一笑独奢妍。
颗折羞含懒，丛虚隐陷圆。
亚心堆胜被，美色艳于莲。

品格如寒食，精光似少年。
种堪收子子，价合易贤贤。
迥秀应无妒，奇香称有仙。
深阴宜映幕，富贵助开筵。
蜀水争能染，巫山未可怜。
数难忘次第，立困恋傍边。
逐日愁风雨，和星祝夜天。
且从留尽赏，离此便归田。

牡丹

唐・来鹏

中国名花异国香，花开得地更芬芳。
才呈冶态当春画，却敛妖姿向夕阳。

再看光福寺牡丹

唐・刘兼

去年曾看牡丹花，蛱蝶迎人傍彩霞，
今日再游光福寺，春风吹我入仙家。
当筵芬馥歌唇动，倚槛娇羞醉眼斜。
来岁未朝京阙去，依前和露载归衙。

牡丹十六韵

宋・王禹偁

艳绝百花惭，花中合面南。
赋诗情莫倦，中酒病先甘。
国色浑无对，天香亦不堪。
遮须施锦帐，戴好上瑶簪。

牡丹　王超英摄

苞拆深擎露，枝拖翠出蓝。
半倾留粉蝶，微亚摘宜男。
邻妓临妆妒，胡蜂得蕊贪。
忽行晴吹动，浓睡晓烟含。
话别年经一，相逢月又三。
遣谁捋白发，为尔换新衫。
池馆邀宾看，衙庭放吏参。
仙娥喧道院，魔女逼禅庵。
乱折窠难惜，分题韵更探。
歌欢殊未厌，零落痛曾谙。
谷雨供汤沐，黄鹂助笑谈。
颜生如见此，未免也醺酣。

维扬秋日牡丹因寄六合县尉郭承范

宋·潘阆

绕栏忽见思傍徨，造化功深莫可量。

秾艳算无三月盛，残红更向九秋芳。

万家珠翠还争赏，一郡笙歌又是狂。

惆怅东篱下黄菊，有谁来折泛瑶觞。

与宋景文公唱酬牡丹诗

宋·朱公绰

仁帅安全蜀，祥葩育至和。

地寒开既晚，春曙力终多。

翠幕遮蜂蝶，朱栏隔绮罗。

殷勤凭驿使，光景易蹉跎。

游花市示之珍慕容

宋·文彦博

去年春夜游花市，今日重来事宛然。

列肆千灯争闪烁，长廊万蕊斗鲜妍。

交驰翠幰新罗绮，迎献芳尊细管弦。

人道洛阳为乐国，醉归恍若梦钧天。

独赏牡丹

宋·邵雍

赏花全易识花难，善识花人独倚栏。

雨露功中观造化，神仙品里定容颜。

寻常止可言时尚，奇绝芳名出世间。

赋分也须知不浅，算来消得一生闲。

墨花（并叙）

世多以墨画山水竹石人物者，未有以画花者也。汴人尹白能之，为赋一首。

宋·苏轼

造物本无物，忽然非所难。

花心起墨晕，春色散毫端。

缥缈形才具，扶疏态自完。

莲风尽倾倒，杏雨半披残。

独有狂居士，求为黑牡丹。

兼书平子赋，归向雪堂看。

又和刘景文韵

宋·苏轼

牡丹松桧一时栽，付与春风自在开。

试问壁间题字客，几人不为看花来。

云龙川太和殿五月牡丹

金·完颜璟

洛阳谷雨红千叶，岭外朱明玉一枝。

地力发生虽有异，天公造物本无私。

五月牡丹应制

金·赵秉文

好事天公养露芽，阳和趁及六龙车。

天香护日迎朱辇，国色留春待翠华。

谷雨曾沾青帝泽，薰风又卷赤城霞。

金盘荐瑞休嗟晚，犹是人间第一花。

紫牡丹三首·其二

金·元好问

梦里华胥失玉京，小阑春事自升平。

只缘造物偏留意，须信凡花浪得名。

蜀锦浪淘添色重，御炉风细觉香清。

金刀一剪肠堪断，绿鬓刘郎半白生。

牡丹圃

明·庄昶

玩物非吾事，聊观造化功。

春深三月后，公醉万花中。

蓓蕾先天妙，衣冠太古风。

此园虽独乐，还与众人同。[1]

题牡丹图

清·王岱

草木枯荣，气化所囿。

姚魏蚩妍，春光偶逗。

陌上寒梅，霜雪弥秀。

辛酸不厌，正味可久。

孤芳劲节，岂彼春茂。[2]

1.（明）庄昶，《定山集》卷二，据《文渊阁四库全书》电子版，集部，别集类。

2.（清）王岱：《了庵诗集》卷二，清乾隆十二年（1747年）王恪刻本，见《清代诗文集汇编》第23册，第47页。

跋　语

本书三个篇章《诗话菏泽》《菏泽牡丹》和《牡丹花语》，从三个角度展示了古曹州的人文风情以及牡丹文化符号的价值意义，让人们从鲁西南金戈铁马的历史动感中，体味一份静雅的文人情愫；使世人知道，鲁西南之地固然不乏英雄豪杰，同时也不乏律动天下的精彩乐章。这里特别向人们展示了繁花似锦的牡丹诗词及其所蕴含的深远文化意蕴。

牡丹是原产于中国的著名花卉，它花形硕大、姿态艳丽，唐宋以来，为士庶阶层所共赏，从而成为中国花文化最为集中的物象，其身上承载了中国传统文化无比丰富的精神内涵。古人喜欢以物比德，所以，玉、石、金、铁以喻君子之坚韧，梅、兰、竹、菊以喻君子之高情。然而，花之于牡丹，则兼有上述之德。牡丹生于山野，故劲枝遒干，尽逞其刚；牡丹竞放于晴日，故娇花嫩蕊，不掩其柔。牡丹之德是中国传统儒家理想君子人格全面、高度的体现，它不再是古代士君子所单方面追求的清高、幽独、气节、孤傲等品格的象征。而其贵重、谦和、温润、刚正等品格，更是儒家理想人格的表现。以传统儒家理想道德伦理为底色，牡丹文化又呈现出多姿多彩的特点，体现为格、意、情、韵四个方面，也可以称作牡丹精神品格之“四维”。

牡丹文化的形成和发展，经过了约一千四百年的风雨历程。它发端于唐朝的都城长安，五代至北宋，牡丹文化的中心转到了洛阳。明清以来，曹州成为名副其实的牡丹生产、观赏和销售中心，从而理所当然地成为牡丹文化的重镇。当然，四川彭州、安徽亳州、河南陈州、甘肃兰州等地区的牡丹，也都在特定的历史时期竞放光彩，为牡丹文化的发展和繁荣铺锦摛金。在中国传统文化中，牡丹不仅仅是一种花，它已经成为一种有漫长历史而本身内容又非常丰富的文化现象，具有多元化、普及化、“图腾”化的特点。牡丹文化的多元化是指其内容的复杂多样，它包括了物质形态和精神形态的多方面内容。普及化是指牡丹文化具有广大而普及的受众以及创造群体。与其他或雅或俗的不同的花文化种类相比，牡丹文化的受众以及创造者涵盖社会的各个阶层。“图腾”化是指牡丹具备远古图腾的某些意义和作用，比如牡丹作为富贵、吉祥的标志和象征，深入到中华民族的文化心理以及日常生活之中，就具有标识和徽号的意义和作用，成为中华民族文化心理的载体和文化符号。

我们今天处在一个新的时代，全世界人民正致力推动构建人类命运共同体。因此，牡丹文化完全可以被赋予更新的含义。因为在百花之中，它温润端庄、谦和包容、多姿多彩，非常契合“万物并育而不相害，道并行而不相悖”的精神，是传统文化“和而不同”“兼容并蓄”理想的象征，是新的世界充分尊重文化多样性、促进文化和谐共生的象征。承载着人们对美好社会理想的期盼，牡丹也完全可以成为世界人民心中最美的花。虽然这个世界如今仍然喧嚣扰攘，但我们依然相信，和平发展是世界大势，也是世界百年变局的主旋律，任何力量最终都无力改变。但愿牡丹早日成为天下太平的标志，让全世界人民都沐浴和煦的阳光与沁人的花香。

牡丹　菏泽电视台供图

图书在版编目（CIP）数据

菏泽牡丹诗词文化 / 菏泽市牡丹发展服务中心编；潘守皎主编. — 北京：故宫出版社，2024. 2

ISBN 978-7-5134-1607-8

Ⅰ. ①菏… Ⅱ. ①菏… ②潘… Ⅲ. ①古典诗歌—诗集—中国 Ⅳ. ①I222

中国国家版本馆 CIP 数据核字（2023）第 253819 号

菏泽牡丹诗词文化

菏泽市牡丹发展服务中心编 潘守皎主编

出 版 人：章宏伟
责任编辑：徐 海 李 想
装帧设计：王 梓 杨青青
图片资料：故宫博物院数字与信息部
责任印制：常晓辉 顾从辉
出版发行：故宫出版社
地址：北京市东城区景山前街4号 邮编：100009
电话：010-85007800 010-85007817
邮箱：ggcb@culturefc.cn
制 版：北京印艺启航文化发展有限公司
印 刷：北京启航东方印刷有限公司
开 本：787毫米×1092毫米 1/16
印 张：10.25
字 数：130千字
版 次：2024年2月第1版
2024年2月第1次印刷
书 号：ISBN 978-7-5134-1607-8
定 价：200.00元